摑《つか》みとるいのち

樋口強

春陽堂

目次

本文レイアウト・オーガスト デザイン
写真・坂口綱男

はじめに

生まれたばかりのトイプードルが我が家にやってきた。手のひらに乗るほどの小さないのちである。小さくても大きな耳と黒い目でふさふさの赤毛はしっかりとカールしている。

その小さなからだで自分よりもはるかに大きなスリッパに挑みかかって格闘している。生えたばかりの小さな歯で噛みつくと意地でも離さない。見た目の愛くるしさからは想像もつかないほど頑固である。

そして、走り出すと止まらない。いつも力いっぱいの全速力である。わたしによじ登っては顔を舐めてくれる。もういいよ、と言っても自分の気がすむまで終わらない。

今持っている力を惜しげもなく全部出し切って、自分のいのちを謳歌している。その力の一部を明日にとっておこう、とは考えない。いつも力いっぱいなのである。生きようとする力がみなぎっている。だから、散歩しながら飼い主を先導する犬を見るとつい笑顔になる。

日本で自殺する人の数は年間三万人を超えている。そして、この数はここ十二年間変わっていない。統計にはないが、予備軍まで含めるとその数はきっと桁違いに増えるはずである。

わたしは、生きることを否定されるようながんに出会った。「三年生存率は五パーセントです。五年は・・・数字がないんです」

治療の前に告げられた医師からの一言がこれであった。そして、十五年が経った。よく、こんなことを言われる。

「樋口さんは特別です」

「運が良かったですね」

「強い人ですね」

「とてもマネはできません。わたしたちの参考にならないです」

本当にそうだろうか。わたしを特別と言うのであれば、みんなが特別である。運が良かった、で片付けてしまうとそこからは何も生まれてこない。参考にならない、とフタをしてしまうことで自分から逃げ出したことになる。

そして、わたしは決して強くない。生きることに疲れて早く楽になりたい、と何度も考えた。そのたびに、わたしの背中を押してくれたのが笑いや笑顔であった。


いのちには、誰にでも何度となく岐路が訪れる。たくさんの楽しい道の中からたった一つだけを選ばなければならないときがある。後戻りのできない真剣な判断もある。どれを選んでもつらくて苦しい選択で、逃げ出したくなるときだってある。

どの道を生きていくかを決めるためには、自分なりの基準を持っていなければならない。

本書では、その基準を「笑顔」という極めて感性的で非論理的な要素において、たくさんの難題や応用問題を解いていく。

次から次にやってくる人生の分岐点で、「あなたはどう生きたいのか」の問いかけに、読者の皆さんと一緒に具体的にわかりやすく、そして正直に考えていきたい。

そして、もうこれ以上進めないと、生きることに立ち止まってしまったときにも是非手にしてほしい本、としても書き上げた。

本書は一気に読み進めていただきたい。二時間ほどで読み終えるよう配慮して編集した。

できるだけわかりやすい言葉や表現を用い、読みやすくてリズム感のある文章に心がけた。また、字の大きさや一ページの行数などにもゆったり感を持たせてある。

そして、読み終えたあとに爽快感と笑顔が残る本でありたい、と願っている。

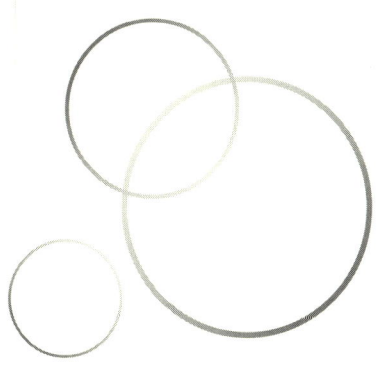

第一章

いのちの車

いのちの車とは

私たちは、毎日自分の「いのちの車」を運転して、人生の目的地に向かって走り続けている。自分のいのちの車の運転席に座ってハンドルを切れるのは本人だけである。運転することに疲れてもつらくなっても逃げ出すわけにはいかない。

隣のナビゲータ席には伴侶が座って、「ここは右だ、今度は左だ」と、指図してくれる。ときには横から強引にハンドルを切ってくれる。

後ろの席には小さな子供たちが安心して寝ていることもある。子供たちはやがて成長して、ドアを開けて出て行き自分のいのちの車を運転し始める。

そして、このいのちの車が走る道は、決して平坦な舗装道路（人生）ばかりではない。むしろ、運転技術（生き方）が未熟なせいか、狭くてアップダウンの多い道や荒天の中を進むことのほうが多いのである。

いのちの車が故障したときには病院に行く。場合によっては入院治療が必要なこともある。治療に複数の方法がある場合、どの治療法を選ぶか、つまりどの道を選んで運転するかは自分が決めるのである。医療者はいのちの車を修理することについてはプロではあるが、治った車をどの方向に走らせるかは自分が決めるのである。ただ、この故障したいのちの車を修理する前に、自分はどこに向かってどんな道を走りたい、と医療者に伝えることが大事なのである。その故障が深刻であればあるほど必要なことである。つまり、私は生きて何がしたい、という目的をはっきりと具体的に持つことが大切である。

あなたのいのちの車の前には、先導してくれる人は誰もいない。故障したときに治してくれる医療者は、いのちの車を後ろから押してくれるあなたの応援団なのである。自力のエンジンが弱ったときに、後押しをしていのちの車を加速してくれる応援団がほかにもいる。それは、仕事や趣味や特技などのあなたが元気になれる仲間たちだ。わたしの場合だと、落語や笑いなどが後押ししてくれる応援団だ。これは、気持ちが萎えたときにこころを元気にする役目を果たしてくれる。この応援団の数は多ければ多いほどいい。後ろを振り返ると、誰にでもたくさんの応援団が賑やかに自分のいのちの車を後押ししてくれている。うれしいことではないか。よし、賑やかにいのちの車をスタートさせよう。

このいのちの車を前から引っ張ってくれるものはない。すべて自分で決めて自分でハンドルを切らなければならない。ただ、ときどき道ばたで旗を振って道案内をしてくれる人がいる。それが、先に深刻な病気に出会ってそれを乗り越えてきた先輩である。つらいときに自らいのちを絶つことを考えたけれど、それを乗り越えてきた先輩である。自分と同じつらさを先に味わいそれを乗り越えてきた先輩たちが、「そっちの道に行ったらダメだぞ、こっちの道を進むんだよ」、と要所要所で旗を振って案内をしてくれる。生きて自分より前を歩く人の存在を見つけることが最高の説得力である。気がつくと、自分のいのちの車は、たくさんの人に見守られて進んでいることがわかってくる。ありがたいことである。

　このいのちの車が普通の車と違う点は、定期的にドックに入れて、たまには修理をしてこまめに点検をしてやれば、最近では八十年ほど持つことが実証されている。ただ、バックギアが付いていないのである。だからギアチェンジをして三日前に戻りたい、と思ってもそれは不可能なのである。そして、毎日やってくる分岐路では、右に進むのか左に行くのか、そのときどきで持てる力をすべて出して生き方を決め、その決めたいのちを摑みとらなければならない。

　誰もが持っているこのいのちの車。あなたはこれからの自分の車をどこに向かって走らせるのか。つまり、「生きて何がしたいのですか」、が問われている。これが本著の主題である。

わたしは、「いのちに感謝の独演会」という落語独演会を毎年開催してきた。二〇〇一年に第一回目を開催して二〇一〇年で十回を数えた。この独演会を開くのは一年に一度だけ。そして、すべてご招待。ただ、参加するには一つだけ条件がある。がんの人とその家族、という特権階級であること。高座のわたしもその仲間である。がんに出会って明日が保証されなくなった二つ目のいのちをどう生きるのか。これを笑いながら見つけていこう、という落語会である。

この独演会の呼び物は、「いのちの落語」。わたしが毎年この高座にかける創作落語である。自身の経験や全国の仲間の体験を基に、生きることのうれしさやありがたさを笑いに乗せて伝える落語である。生きることに立ち止まったり、一歩も動けなくなったときに後押しをしてくれる落語でもある。

二〇一〇年の「いのちに感謝の独演会」で、十周年記念作品としてネタ下ろししたいのちの落語が大きな反響を呼んだ。ネタは「いのちの車」。本著の主題でもある摑みとるいのちをテーマにしている。

第一章では、これを紙上独演会として用意したので読んでみてほしい。落語という話し言葉の世界を、できるだけ忠実に守りながら文字で表現した。十分程度で読み終えることができるので、中断せずに一気に読み進めてほしい。また、話芸のリズム感も尊重しているので、できれば声に出して読んでみることをおすすめする。話し言葉の小気味良さを存分に味わいながら、自分の声からも元気を感じてほしい。

「いのちに感謝の独演会」十周年記念作品

「いのちの落語――いのちの車」

　がんに出会って二つ目のいのちを懸命に生きようとする人たちに、国が手を差しのべよう、と独立行政法人が設立されたんです。

　その名前が、「二つ目のいのち・リハビリセンター」。

治療法を指導するのではなく、生き方を決めるためのお手伝いをしようというのがその目的なんです。

インストラクターはすべてがんの先輩患者なんですが、事務職員は国が派遣した国家公務員と天下り族なんです。コンセプトや目の付け処はいいんですが、国のやることなので、どこかが少しおかしいんで

すね。

施設は、最近話題になりました某○○事業の不良資産を居抜きで買い取ったんです。で、愛称が「さんぽの宿」。人生の散歩をしてほしい、という願いで名付けたんです。でも、ホントのところは、看板を一文字だけ入れ替えればいい、という経費削減効果を狙ったんです。ところが、この施設、無駄にだだっ広くて経費ばかりがかさむ白亜の殿堂です。断崖絶壁に建っているので景色はいいんですが、電車も道路もないという、何しろ便利が悪い。喜ぶのはテレビのサスペンスドラマのロケハンだけという状況です。

そのうえ、今はやりの事業仕分けの対象になっている・・・。

「この事業の目標は何ですか」

「世界で一番を目指します」

「どうして二番じゃいけないんですか」

「いえ、三番でもいいんですが・・・」

どうもだらしがない・・・。

でもね。ほかの公益法人と違うところが一つだけあるんです。それはここで働くスタッフ全員が心からの輝く笑顔なんです。入口を入った玄関ホールの正面にこのセンターの社是が大きな字で掲げてある。『笑いは最高の抗がん剤』。これをみんなで実践してるんですね。


「あのぉ、スミマセン。『二つ目のいのち・リハビリセンター』でリハビリがしたいんですが」

「はい、はい。笑顔で毎度!」

「いえ、初めてなんですが・・・」

「うちのスタッフはみんな、『笑顔で毎度』『笑顔で喜んで』が合言葉なんですよ。で、当センターへの入会のお申し込みですか。では、この申込書にご記入ください。

ご承知だと思いますが、入会できるのは『がんの方とそのご家族だけ』という資格要件があるんですが、あなたががんのご本人かご家族であることを証明できるもの・・・例えば国が発行する『がんバッジ』をお持ちでしょうか？　あっ、胸に金のバッジが誇らしげに輝いてますね。一生懸命働いて生きてきたという証明のがんバッジです。結構です。このバッジがあると、高速道路はいつでもどこでも無料です。がん手当も毎月二万六千円が終身支給されます。今や全国民が憧れのバッジですので、どうぞ大切になさってください」

「では、リハビリのコースを選んでいただきます」

「どんなコースがあるんですか？」

「『普通コース』『贅沢コース』『さらに贅沢コース』。どれになさいますか」

「『さらに贅沢コース』を」

「まっすぐで正直なお方ですね」

「で、『さらに贅沢コース』って、どんな内容なんですか」

「当センターに登録している選りすぐりのインストラクターを全国から招集いたしまして、二つ目のいのちの生き方を手取り足取りご指導いたします」

「すごい贅沢ですね。で、そのコース今すぐに受けられるんですか？」

「いいえ、多忙な人気インストラクター全員のスケジュールをこれから調整いたしまして、内閣の承認と国会の議決を必要といたします。今の見通しでは早くても来年の秋頃かと・・・」

「そんなん、待ってられしませんわ。今すぐに受けられるのはないんですか？　えっ、『普通コース』？　じゃあ、それにしてください」

「はい、笑顔で喜んで。では、これを持って51番の窓口へ行って、収入印紙を購入してきてください」

「はい。えぇっと、51番。ここやな。すみませーん。リハビリ申込書の収入印紙がほしいんですけど・・・」

「はい、はい。笑顔で喜んで。51番担当のイッチローです」

「イチローさん。あんたはエライ人ですね。ほな、よろしくお願いします」

「あなたラッキーですね。今日は『お客様感謝ハッピーデー』で収入印紙が五パーセント引きなんです」

「へぇ、今は国もそんなことまでやるんですか」

「ではこれを55番の窓口へ持って行って、入学許可証を発行してもらってください」

「今度は55番ですか・・・。やっぱり役所やな。えぇっと、55番。ここやな。すみませーん。入学許可証がほしいんですけど・・・」

「はいはい、笑顔で喜んで。55番担当のマツーイです」

「マツイさん。あんたもよう頑張ってますね。許可証お願いします」

「はいはい、笑顔で喜んで。右の者、普通コース入学を許可する。(印紙を唾で貼って)、はい。では、これを18番の窓口へ持って行って入学金を支払ってきてください」

「・・・あのね。あんたらはそこへ座って、あっち行けこっち行けって言ってりゃいいですけどね、行くほうはたいへんなんですよ。それに抗がん剤の後遺症があってからだが不自由なんですよ。『笑顔で毎度』はいいですけどね、ちょっと考えてくれませんか」

「いえ、動いていただいて、たくさんの人と話していただくことで心身のバランスが活性化することを願っておりまして・・・」

「理屈だけは言いますね。18番ですか。あっ、18番いうたら担当はマツザカさんですか？」
「いえ、あの方は今年は体調を崩して休んでおりまして今年の復帰はほぼ絶望です。今は代わりにパートのクワタさんがやってます」

あっちへ行かされこっちへ行かされまして、やっと普通コースのリハビリがスタートいたします。

お待たせいたしました。では、この「いのちの車」に乗って、「二つ目のいのち・アドベンチャーワールド」を体験していただきます。

それでは、この「いのちの車」の運転方法をご説明いたします。
一、この車は、アクセルを踏みますと新しいいのちに向かって走り出します。程なく関所が現れまして、道路は左右に分かれた分岐点にさしかかります。ここで問題が出されます。選択肢はAとBの二つです。こんなふうに生きたいというどちらかを直感で選んでください。
二、この車はハンドルの代わりにAとBの二つのボタンが付いています。
どちらかを押して答えてください。当センターが決めた正解の道を選びますと、きれいな景色の中をドライブができます。もし、間違った道を選ぶと途中で道路がなくなり谷底へ落下してゲームオーバーです。
三、それからこの「いのちの車」はバックギアが付いていませんので後戻りができません。直感を大事にしながら慎重に選んでください。
四、では、ご本人は運転席にお座りください。ナビゲータ席にはインストラクターかご家族が座ることができます。今日は美人インストラクター、イケメン・インストラクター各種スタンバイしておりますが・・・。どちらがよろしいですか？　今日は・・・残念だけど・・・奥様に。わかりました。そんなこと言ってるとバチが当たりますよ。では奥様にお座りいただきます。二人で力を合わせてゴールを目指してください。
五、「普通コース」は関所が二つ、二問出題されます。見事全問正解すればゴールのテープを切ることができます。
さあ、二つ目のいのちの輝く世界があなたを待っています。
行ってらっしゃい。

あぁ、動き出した。乗り心地いいなぁ。スタッフのみんなが手を振ってお見送りしてくれてる。温泉旅館に来たみたいやなあ。ハンドル持たんでいいから楽やな。スピード出てきた。かっこいいねぇ。あっ、関所が出てきた。問題が書いてある。何々・・・。

第一問

あなたは玄米菜食を始めました。ある日、無二の親友が有名なケーキ屋さんの滅多に手に入らないスイーツを二時間並んで買って、見舞いに持って来てくれました。

「一緒に食べながら話をしよう」と、笑顔で差し出してくれました。さて、あなたならどうしますか。

A　玄米菜食中なので甘いものは食べない、と断る。親友を失ってもいい。

B　ありがとう、と言ってスイーツを一緒においしく食べる。

「これは、生涯の親友を失うわけにはいかないからBの一緒においしく・・・」

「ちょっと待って。アンタ、何考えてるの？　玄米菜食ではね、肉と砂糖が一番の大敵なのよ。ダイエットや健康のため、なんてカッコ付けてるんじゃなくて、いのちかけて玄米菜食をやってるんでしょ。だったら、ちゃんと説明すればわかってくれるわよ。それでも怒る友達なら、こっちから願い下げでいいのよ。スイーツを突っ返すのは角が立つんなら、いただいておいて後で家族が食べればいいのよ。アタシ、あの店のスイーツ一度食べてみたかったんだから・・・」

「おいおい、そういう理由だったのかい。動機が不純じゃないの？」

「家族の笑顔が一番だってことよ」

「うまいこと言うね。じゃあ、カミさんに従って、Aの『断る』で行こ。ただし、スイーツだけはいただいて家族が後で食べる。よし、行け！」

「どうだ！　おぉ、通り抜けた。正解だ」

「ほらね。女房に従ってりゃ、間違いないのよ」

「おぉ、いい景色だね。青い空に白い雲、緑の山間を涼しい風が通り抜けていくよ。こんな景色、仕事仕事で追いかけられてゆっくり見ていなかったね。いや、目には映っていたんだろうけど、見えなかったんだなぁ…。おぉ、また関所が出てきたぞ。何か書いてある、何々…」

第二問（最終問題）

あなたはこれからの二つ目のいのちをどんな言葉に向かって生きていきますか。

A　コンチクショウ

B　ありがとう

「これは簡単だ。最後の問題はサービス問題だね。すべてに感謝でBの『ありがとう』に決まってる」（Bのボタンを押そうとする）

「ちょっと待って。わたしはこれはヒッカケ問題だと思うのよ。最後の関所はそんな簡単には通してくれるワケがないでしょ。きっとアンタの本心が問われているのよ。ホントに心から『ありがとう』と思っている？『どうしてオレががんになるの？　世の中にはオレよりもっと悪いことをしている連中がたくさんいるよ。どうしてオレなの？あんちくしょう、こんちくしょう』って思ってないですか。本音を言いなさい。これが問われているのよ。だからAの『コンチクショウ』だと思うのよ」

「そうか・・・そうだよね。ウン、Aの『コンチクショウ』で行こう、A。よし、行け！」

「さあ、ゴールへ向かって最後の選択。早い早い。あれ？　少し様子がおかしいぞ。わあ、真っ黒の雲が出てきた、すごい雷、すごいアップダウンだよ。おれ、こういうの嫌いやねん。こわいねん」

「男のくせにだらしないねえ。奥さんを守るのが男でしょ」

「今は自分のことで精いっぱいだ」

わあー、道が消えたぁ。落ちるぅ・・・。

「あんた、大丈夫？」

「あぁ、なんとか・・・。やっぱり正解はBの『ありがとう』やないか。何がヒッカケ問題だよ。何が本心が問われているだよ」

「わたしもひょっとして・・・」

「何がひょっとしてだ、今さら。けど、これからどうすればいいのかな・・・。あっ、ずっと先に明かりが見える・・・また関所がある。何か書いてある。何々・・・『下のボタンを押せ』。下のボタン?・・・あっ、これだ」

残念でした。もっと素直になりなさい。もう一度チャンスをあげよう。

次の問題が解けたらゴールへ送ってやる。

答えを言ってボタンを押しなさい。合格すれば、ゴールへの扉を開けてやる。

復活問題は「なぞかけ」だ。

「オッ、なぞかけだよ。いつもやってる、得意だよね」
お題は『いのちの落語』・・・お解きなさい。

「『いのちの落語』か。これはやったことないな。ウゥーン・・・。
よし、整いました」
「『いのちの落語』とかけまして、『新発売の洗剤』と解きます。その
こころは、『オチがいいのが自慢です』どうだ！・・・だめかぁ」

「じゃあ、別のなぞかけを考えなきゃ・・・。
よし、整いました」
「『いのちの落語』とかけまして、『貯金』と解きます。そのこころは、
『フエないと困ります』今度はどうだ！・・・やっぱり、だめかぁ。
困ったなぁ」

「あのね、審査基準がだいたいわかってきたわよ。あなたの発想の延長線上には合格はないと思うの。今度はわたしがやってあげる。整いました」

「『いのちの落語』とかけまして、『3Dテレビ』と解きます。そのこころは、『希望と勇気が飛び出します』これならどう？」

「やったぁ～、扉が開いたぁ、合格だぁ!!」


ちょっと、アンタ。ちょっと、アンタ。起きなはれや。こんなところでうたた寝してたら風邪引きまっせぇ。さっきから、笑ろたり泣いたり叫んだりして、エラい楽しそうやな。いったい、どんな夢見てたん?!

第二章

摑《つか》みとるいのち

老後と駅チカ

ここ数年で体力が目に見えて落ちてきた。駅まで歩く十五分の距離がしんどくなってきた。いや、もっと正確に言うと、駅へ向かうときは仕事とか買い物などの目的や希望があるので何とか辿り着くが、駅からの帰路は疲れもあり足が前に進まなくなる。家から駅までは距離にして一キロ程の道のりである。ここから電車に乗れば、乗り換えなしの三十分程で日本橋、大手町など都心につながる交通至便な位置にある。

話は余談になるが、わたしたちは距離を伝えるのを時間で表現してきた。たとえば、「駅からどれくらいですか」という問いかけに、「そうですね、五、六分くらいです」「ありがとう」。これでお互いに情報を共有できている。これを、「七百メートルです」と答えると、「そうですか・・・」となり、尋ねたほうはわかったようなわからないような表情で、会話もそれ以上続かない。

わたしたちは時間という物差しを生活の共通の大事な道具として使っている。「歩いて五、六分」が人によって多少違っても、「七百メートル」よりはるかに体感的に理解できるのである。不動産屋さんの物件情報も「駅から徒歩で八分」というように必ず時間で書かれている。

一方、わたしたちが共通に体感できる距離での表現があるだろうか。ないことはない。小学校の運動会で走った百メートル競走だ。ほとんどの人が走った経験を持っているはずである。しかし、わたしは足が速いほうではないので、百メートルがずいぶん遠かった記憶がある。今は誰もが見ることができる新幹線。東海道新幹線のぞみ号は十六両編成で全長が約四百メートルもある。しかし、一号車から十六号車まで空席を探して歩いた人は多くはないだろう。東京スカイツリーは六百三十四メートルである。しかし、空に向かっててっぺんまで駆け上がってその長さを体感することはできない。例えがいささか極端過ぎただろうか。

本題に戻そう。生きるはずがないと言われたがんに出会い、それでも生きたい一心で標準治療を大幅に超えた抗がん剤治療をお願いした。その結果、頭の先から足の先まで全身がしびれる後遺症が残ったのである。熱い冷たい、重い軽いなどの感覚がほとんどない。茶碗や箸が持てないのでご飯が食べられない。足に感覚がないので歩けない。誰もがしているごく普通の生活をするために、妻がたくさんのリハビリメニューを考案してくれた。家を建て替えた。がんに出会って暗い世界をさまよってきたので、日の光がいっぱい入る明るい家にした。柱や梁はすべて日本の無垢材を使って木の息づかいを感じる家にした。そして仕事がしたい。「駅まで徒歩で十五分」。わたしのしびれた足では二十五分かかる。行けば帰りがあるので往復する。社会との接点があることで生きている証《あかし》になる。だから仕事がしたい。この目的があるから歩ける。そして、この家から駅まで二十五分の往復が、社会に復帰するための大事なリハビリになったのである。

「リハビリの　ために始めた散歩道　なぜか近道　選んでしまう」

企業人として長年生きてきたせいか、合理化とか効率化という発想がからだの隅々にまで染み込んでいる。目的がリハビリという歩く訓練であっても、からだは自然と近道を選んでいるのである。この企業人として「鍛え上げたからだ」に思わず吹き出してしまう。そして、やがて二十五分が二十分になり、ついに人並みの十五分で駅まで歩けるようになったのである。全身のしびれは変わっていないが、からだが反応してくれたのである。

ところが、二、三年前からこの片道十五分がつらくなってきた。駅へ辿り着くのがやっとという日が多くなった。地元のタクシーはすぐに来てくれるので電話で配車を頼むことも多くなる。便利ではあるがそれではリハビリにならない。仕事のときはどんなことをしても出かけるが、買い物や銀行など自分の都合で融通が利く外出は、自然と用事をまとめるようになる。そうすると、外へ出ることが二日に一回、三日に一回と、だんだん減ってきてからだのリハビリにならなくなってきている。

がんに出会ったのが四十三歳のとき、それから十五年近く経って、からだのしびれは変わらないが、体力は確実に落ちてきているのである。毎日のリハビリによって、からだとしびれが絶妙なバランスを保っていたのが徐々にその均衡が崩れ始めていたのである。このままだと、きっと外へ出なくなるだろう。そうするといずれ歩けなくなる、という図式が見えてくる。どうすればいいのか。駅までがもっと近ければいいのになあ。五分、いや、せめて十分なら——。

そんな矢先のある日の夕方である。長年懇意にしてもらっている方から声を掛けていただいた。「うちのとなり、売りに出すみたいよ。樋口さん、引っ越してこない？」そこは、駅から歩いて三、四分。駅前の商店街を少し脇に入った閑静な住宅地である。真っ四角な土地で公道に面しており設計の自由度も大きい。まさに願ったり叶ったりである。ところが、この情報を得た翌日の午前中には、ほぼ購入を固めた別の買い主候補者が印鑑を持ってやってくるという。猶予は半日だけか。その間に解かなければならない問題がたくさんある。

最大の問題は資金である。我が家には埋蔵金や金のなる木があるわけではない。現邸の売却が前提である。しかし、本格木造住宅とはいえ中古住宅がこの不況時にいくらで売れるだろうか。また、新邸建設費との持出し差額がどのくらいの規模になるのか。その資金をどうやって捻出するのか。この変数の多い方程式を短時間で解きなさい、という難題を突きつけられたのである。

老後と駅チカ——今、どちらを摑みとるか

サラリーマンではなく毎年の定額収入が保証されない不安定生活者のわたしには、銀行は住宅ローンを貸し付けない。残る調達手段は、妻と二人の老後のために用意したわずかな資金を充てるしかない。その決断ができなければ、この「駅チカプロジェクト」は断念である。

老後か駅チカか。実は、これからのいのちをどう生きるのか、という大きな決断である。しかし、難解に見えた多元方程式もこの二つの要素からの選択という案外簡単な図式に収まった。

生きて何がしたいのか。

歩きたいのである。外へ出たいのである。道が歩ける、電車に乗れる、カフェでコーヒーが飲める、仕事で外出ができる・・・。社会との接点がある、というのを肌で実感したいのである。抗がん剤治療の後遺症でからだが不自由にな

り、もう治ることはないとわかったときから、この誰もができる何でもないことが輝いて見えるのである。

いつまでも自分の足で歩き続けていたい。しかし、わたしの場合、それを手に入れるためには、安定した老後という保証を手放さなければならない。その不安は大きいのである。これをどう折り合いをつけるのか。

妻が言った。「駅チカなら買い物も頼みやすいね」。判断基準がわたしとは違うようだ。「二人の老後の資金はなくてもいいの？」と聞くと、「外に出れば話題が豊富になって笑顔も増えるのよ。あるかないかわからない老後よりも今が楽しい方がいいでしょ」。これで決まりである。

大切なものをつかみとるには、大事にしてきたものを手放さないとならないのである。そのときの尺度は、生きて何がしたいのか、という問いかけに本能で素直に答えること。自分の気持ちにウソをつかないことである。老後の安心という退路を断って建てた二つ目の駅チカの家は今、清々しく潔く青空に向かって建っている。

論理と直感

「今困っていることはありませんか」

これは、わたしの肺がんを手術してくれた先生の言葉である。入院中、毎日朝と夕方の二回、病室を訪れては話しかけてくれる最初の一言がいつもこの言葉である。はじめはこの言葉の意味がわからなかった。手術を前提に入院しているので、そのことへの心配や不安はたくさんある。

果たしてがんを取り除くことができるのだろうか、手術時間はどれくらいかかるのだろう、全身麻酔をかけて麻酔が戻らないことはないのだろうか、目が覚めたら呼吸は普通にできるのだろうか、手術費用はどれくらいかかるのだろう・・・挙げだしたらキリがないほど心配や不安はたくさんある。その不安へ手を差しのべる言葉であれば、「手術のことで何か心配がありますか」「質問はありませんか」と問いかければ十分である。ところが、この先生は治療に関する不安だけでなく、今の毎日の生活全般への心配事にも配慮しているのである。今やりたいことがあるのなら、外出や外泊をできるだけ許可するので、やってきてほしい。そして元気になって戻ってきてほしい。そんな思いが込められているのである。

「家の風呂に入りたいんですが」

「では、検査が一段落する今週末にお帰りください。奥様によろしくお伝えください」

「ラーメンが食べたいんですが」

「今は外泊は無理です。病院のレストランにもラーメンはありますが、駅前にあるラーメン屋さんのほうがおいしいでしょう。二時間では気分転換にならないでしょうから、今日の午後の検査を早めに済ませて、四時間ほど街を楽しんできてください」

日常のストレスを少しでも少なくして元気や希望を取り戻して、これから向かう大きな山を乗り越えてほしい、という心遣いなのである。

日頃の生活の中で気になったり心配することというのは、自分のことよりも家族のことのほうが多い。特にお母さんは自分のことが一番後回しになるようである。病室にいても、天気のいい日は「今日は洗濯日和だわ」とか、午後から雨の予想なら「傘持って出かけたかしら」とか、次から次に家族のことが気になって治療のことに気持ちが集中しないのである。

「今困っていることはありませんか」。この先生の一言は、そんなときにとてもうれしくなれる言葉である。

手術や抗がん剤治療が終わって退院した。全身がしびれるという大きな後遺症が残ったものの、懸命のリハビリで職場に復帰することができた。がんの治療に付きものなのが再発や転移への不安や恐怖である。これがほかの病気と大きく違うところである。がんに出会った人は、この不安をそれぞれの知恵や工夫で乗り越えていく。それでもつらいのが三か月か半年ごとに行う定期検査である。そのたびごとに病院へ行ってＣＴやＭＲＩ、場合によっては肺の中に管を入れて調べる気管支鏡検査などの精密検査をするのである。もっと正確に言うと、つらいのは検査そのものよりも、検査が終わってその結果を知らせてくれる診察日までの待っている時間なのである。あまりいいことは考えない。再発していたらどうしよう。どんな治療法があるのだろうか。治療費はどれくらいかかるのだろう。後どれくらい生きられるだろう。再発です、って言われたとき、先生に何を聞けばいいのだろう・・・。夜布団に入って電気を消してもこんなことが次から次に頭の中を巡り巡ってつらさがつらさを連れてくる。誰もがこの道を歩いて行くのである。

そんな思いをして診察室に入ると、この先生はいつも温和な笑顔で迎えてくれる。

「長い時間お待たせしてすみませんでした」

と、頭を下げる。予約診療であるのに、いつ呼ばれるかわからない不安定な状態で患者を長時間待たせたことへの詫びである。そして、きっと相手が待っているであろう精密検査の結果は、独特の言葉で表現する。

「合格です。ここまでよくがんばりましたね」

と、立って両手で握手をしながら、お互いに喜びを分かち合う。そしてすぐに横にいる妻にも話しかける。

「奥様、お疲れ様でした。たいへんなご苦労だったと思います」

と、家族の労をねぎらう。がんという病気が本人だけではなく、家族も一緒にそのつらさを味わい乗り越えていくことを知っているのだ。そして、妻に向かってこうも聞く。

「奥様からごらんになって、最近変わったところはありますか」

このときとばかり、妻は夫の日頃の行状をまくし立てる。

「少しよくなってきたと思って、パソコンに向かって夜更かししたり、仲間と飲んで遅く帰ってきたりで、反省も教訓も忘れたようで困ってるんです」

少しお灸を据えてください、と我が意を得たりという表情で信号を送っている。すると、この先生は二人を見て笑いながらこう話す。

「そうですね。でも、全身がしびれて奥様の助けがなければ動けなかったからだが、毎日の家でのリハビリで少しずつ行動半径が広がってきた、と考えてみたらうれしいことかもしれませんね」

そうですよね、これはうれしいことですよね。先生、いいこと言いますね。ところが、その返す刀で今度はわたしに向かってこう話す。

「どこのご家庭でも、奥様のおっしゃることのほうが正しいことが多いようですね」

あらぁ、まいった。からだの治療を前提にしながら生きることへの指針をそれとなく示唆しているのである。そして、本人と家族の両方を立てている。見事な一言である。

上から目線で、こうしなさい、と教えられたことはなかなか身につかないものである。論理的にスキがなく反論できないような内容ほど心では反発する。ところが、自分が評価されたりほめられたりすると、急に親近感が生まれて心の扉が開くのである。だから、この診察室から帰るときにも心配や不安は忘れて気持ちが元気になっている。そして、最後におみやげの一声をかけてくれる。

「今日は、ささやかなお祝いをなさってください」

よかったときは自分を褒めてあげる。メリハリのある生活にまで気を配った言葉だ。そして、たくさんの意味がこもったこの「ささやかな」というところがにくいのである。

この病院に来ると、気持ちが元気になれる。気持ちが元気になると何をやってもうまくいくものである。何よりも目の前が明るくなって楽しくなる。わたしのがんの治療の入口は大学病院である。その内科で抗がん剤治療を行った。そして大学病院の紹介で、この先生のいる総合病院での手術を受けることになったのである。普通であれば、手術が終われば元の大学病院に戻って経過観察を行うのが通例のようである。果たして、自分のいのちをこの慣例レールに乗せて任せていいのだろうか。

論理と直感——今、どちらを摑みとるか

論理的な考え方を重視して治療を進める大学病院と、自分を元気にしてくれる総合病院。言い換えれば、論理と直感である。デジタルとアナログである。定量的と定性的。言いたいことがなんとなく伝わるだろうか。

わたしは迷わず、この先生のいる総合病院で治療後の経過観察をしてほしい、

とお願いした。それこそ直感で判断したのである。それは、この先生と話していると、三年生存率五パーセントと言われた自分のいのちに元気が出てきて、生きる道が見えてくるからである。いのちを長さではなく、元気で生きたいという太さがほしかったのである。

病気を診るのではなく、人を診る。外科の医師ではあるが、必要と思えば、内科の領域にも手を出す。高度な専門治療は不要であり、それよりも患者の通院回数が減るほうが、その人にとって有意義であると判断すれば迷わずにその人の生き方を応援する。

「先生の数少ない外来診察日の、そしてたくさんいる患者さんの最後でいいのです。しかも五分で結構です。ここへ来させてほしいのです。それは、話しているだけで元気になれるからです」

「そこまで言っていただいて医者冥利に尽きます。お待ちしています」

素直に伝えた思いが通じた。それ以来、わたしは定期検査にこの先生の外来を楽しみに通い続けた。

朝から雨でなんとなくうっとうしい検査の日、こんな日に限って予約時間が大幅に過ぎても自分の番が回ってこない。外が暗くなり始めた頃にやっとお呼びがかかる。

「まぁちかーねたぁ」。歌舞伎七段目の気分である。先生も先刻ご承知で、フェイントをかけるようなこの一言で笑顔に変わる。

「外は雨もあがったようですね。少し長い雨宿りをしたと思って、足下に気をつけてお帰りください」

一九九六年に肺小細胞がんに出会い、五年生存率は数字がないといわれた。ミレニアムの二〇〇〇年を迎えたとき、まさか自分のいのちがこの先にある二十一世紀への橋を渡るとは思ってもいなかった。だから、その絵が浮かんでこなかったのである。戸惑うわたしの前に道を付けてくれたのがこの先生の一言である。

「お互いに二十一世紀を楽しみましょうよ」

そして、この先生との別れのときがやってきた。定年で病院を去るのである。生きるはずのないがんと出会って十五年。わたしのいのちにずっと寄り添ってくれた。がんの治療をする医師としてよりも、生きて何がしたいのか、を一緒に考えてくれる伴走者として寄り添ってくれたことがうれしい。

あのとき、直感を選択した決断、大きな分岐点であったように思える。そして、この先生の診察室での最後の一言がこれである。いのちへの最高のエールである。

「お互い、年をとりましたね」

興奮と冷静

新潟県湯沢町。人口は一万人に満たない小さな町である。越後湯沢というほうがわかりやすいだろうか。周りの町が合併して市になってもここだけは独自の町運営を続けている。昔から良質の温泉が湧くことでも知られている。そして、日本でのスキー発祥の地であり、苗場、湯沢高原、石打、中里など有数のスキー場が多いことでも有名である。

また、川端康成の作品「雪国」の舞台となった場所でもあり文芸の香りが漂う町である。八海山や魚野川など山と川の自然が解け合い、米所新潟の最高級米である魚沼産コシヒカリを産み出す土地でもある。また、東京から新幹線で一時間余りという交通至便の位置にあるのも魅力の一つである。

ところが、この美所・越後湯沢を訪れる人たちが年々減っているという。その理由の一つがスキー人口の減少である。三十年ほど前は、冬になると大勢の若者たちが大きなスキー板を担いで列車に乗り込み、また車の上にスキー板を乗せて、全国のスキー場に向かった。それが日本の冬の風物詩であり、若者たちのステータスでもあった。そして、その人たちの需要を見込んでスキー場周辺にはたくさんのリゾートマンションが競って建てられた。

ところが、当時競ってスキー場に向かった団塊の世代の若者たちが、今は六十歳を過ぎ趣味やスポーツもスキーからは遠ざかっている。そして、所有しているリゾートマンションを手放す人たちが増えて、マンション価格が大きく値下がりをしている。インターネットで調べてみるとその状況がよくわかる。

リゾートマンションを所有していると、固定資産税や住民税（均等割分）を毎年支払い、利用の有無にかかわらずマンションの管理費や光熱費が毎月請求される。所有する広さや管理会社にもよるが、十帖一間だけの所有でもその金額は年間で三十～四十万円になる。この金額を将来に亘ってずっと払い続けなければならないのである。もう体力的にもスキーをすることがないのであれば、この永遠に続く出費を止めるために、安くてもマンションを売却しようとするのは自然の行動である。

越後湯沢もその例外ではない。ところが、この地は良質の温泉が湧くのでマンションには例外なく温泉大浴場が併設されている。温泉好きのわたしは、ここに目がとまった。講演などで各地を訪れたときは、少しの時間を見つけては、その近所にある温泉地を探して湯に浸かってくるのを楽しみにしている。早速に詳しく調べてみると、確かにたくさんの物件が出ている。外観写真を見ると、新幹線の窓から見た見覚えのあるマンションもある。これは現地を見なきゃ。すぐに不動産会社にアポを入れた。仕事を調整して翌朝には新幹線に飛び乗り、越後湯沢の町に降り立った。楽しくなることをするときは手際もいい。

越後湯沢。初めての町である。ゴールデンウイークの前であったが未だ雪が残り、肌寒い。心なしか人通りも少ないように感じる。何件か案内してもらった。確かにすぐにでも買えるお手頃価格ではあるが、若者が雑魚寝さえできればいいという感じの部屋であったり、窓からは雪山しか見えない単調な景色の部屋などで、持ってきたイメージとは大きく違う。やっぱりなぁ。世の中そんなに甘くはないか。

改めて営業担当者にこちらのニーズを伝える。

「第二の仕事場にしたいので、気分転換に湯沢の町が一望できて、からだに障害があって車に乗れないので駅から近い場所にあって、手頃な価格で、それから、大きなお風呂があるマンション・・・ないです、よね」

「いえ、あります。今から行きましょう」

こちらのニーズが明確になると、頭の中ですぐに検索して候補を出してくれた。行動も早い。越後美人である。案内をしてくれたのが、駅から歩いて五～六分、その十五階の一部屋。大きな窓から外の景色を見たとたんに息をのんだ。絵に描いたような絶景である。湯沢の町が地図を見るように一望できるのである。遠くには白く雪をかぶった越後連山が見渡せて、眼下には越後湯沢の町並みが手に取るように広がっている。その間を上越新幹線が走り抜ける。

「秋にはこの山々が赤と黄色に染まります。冬になると町が一面真っ白に雪化粧します。ゲレンデにあがる冬花火が幻想的です」

しばらくこの美しい景色に見とれて声も出ない。そうだ、大事なことを一つ忘れていた。

「お風呂は・・・」

「大浴場があって源泉掛け流しです。二十四時間いつでも入れます」

ここだ。ここなら気分転換ができて、著作や落語の創作意欲が湧きそうだ。

落語のけいこ場にも使える。建物も全国で通用するブランド名が付いているので安心である。ここにしよう。いや、もう一つもっと大事なことをまだ聞いていなかった。

「それで。ここ、いくらですか・・・」

恐る恐る切り出した。早く知りたいような知りたくないような気持ちである。

「先ほどの物件のようにはいきませんが・・・」

それはわかっている。だから早く言って。

「これです」

と、出されたシートの右上に数字が書かれている。単位は万円。

「そうか、そうだよね・・・」

今ここで即答できる金額ではない。三日だけ待ってもらうことにして越後湯沢を後にした。どうしてもほしい景色である。

昔のサラリーマン時代であれば、いい物件だが自分にはもったいない、分不相応である。と収束するのであるが、今は平日には家で著作原稿と向き合うことが多い。様々な要求には新しい着想での展開が求められる。それには気分転換が必要で、今回の出会いはまたとないチャンスである。ただ、三日間待ってもらっても資金の目処が立つわけではない。

「あぁ、あの駿馬がほしい。駿馬がほしい」とつぶやく山内一豊であれば、ここで妻の千代が「旦那様、これをお使いくださいませ」となるのであるが、それほどの一大事でもない。やはり見送りか。いや、行動には出たので空振り三振というところだろうか。

ところが、である。意外なところから救いの手が差しのべられた。昨年からほぼ一年かけて書き下ろし、校正も終わり出版も間近に迫った著作がある。この編集者から電話が入った。

「タイトルも出版日も正式に決まりました。社内の評価も上々なのです。これは、ひょっとすると出版即重版ですね。間違いないです」

自分の著作が認められるのはうれしいものである。特に業界内で評価されるのは感慨深いものがある。ところが、わたしはこのとき別のことを思い浮かべていた。

「出版即重版。間違いない」

これだ。思いもよらぬ絶好のタイミングでの救いの手であった。まさに千代である。越後湯沢の絶景マンションに道が付いた。そして、重版印税先取りで、この第二の仕事場を手に入れたのである。

興奮と冷静——今、どちらを摑みとるか

うわぁー、きれいだ。すごーい。これ、ほしい。

この興奮を素直に口に出して喜びを表すこと。自分がうれしくなれるだけで

なく、その声と顔で周りをも笑顔にする。どんな些細なことであっても、この連鎖によって喜びが大きくなるのである。そして、次から次に新たな喜びを呼び込んでくる。

逆に、冷静で理知的。決して舞い上がらない。いつも冷めた目で物事を、そうだろうか、いや違うのでないだろうか、と別の角度から眺めている。

興奮と冷静。あなたはどちら派だろうか。言い方を変えれば、どっちが魅力的だろうか。優等生の模範解答であれば、バランス的には両方の側面が必要である、となる。でも、そんな生き方がおもしろいだろうか。

妻が言った。「リゾートマンションのことを話題にしたのが夕飯のとき。翌朝にはもう新幹線に乗ってたわね。以前のあなたなら、結果が先に出ているから決して動かなかったわ。でも今は楽しそうね」

越後湯沢の町は、住んでみてわかる魅力がたくさんある。

氷が溶けたら水になる。雪が溶けたら・・・そう、春になる。湯沢の春は遅く、五月のゴールデンウイークの頃である。山々からの雪解け水が一斉に町に駆け下りてくる。その音がすさまじい。ゴォーという地響きのようなうなり声が、どこにいても聞こえてくる。これが湯沢の春の息吹なのである。

そして、冬の間枯れ果てていた田んぼに一斉に水が入る。町が急にキラキラと輝き始めるのだ。田んぼの水が鏡になって山の緑や青い空を映し出す。そして、すぐに田植えが始まる。この田植えが終わったら、その合図のように一斉にカエルが鳴き始める。これが見事なのだ。越後湯沢の町は四方を山で囲まれたすり鉢型の盆地である。カエルの声が周りの山々にこだまして、その声が相乗効果でさらに大きくなる。町の活動が停止する夜になると、静まりかえった湯沢の町は、カエルの大合唱である。山にこだました声が跳ね返って、輪唱まで聴かせてくれる。自然が織りなす原風景が美しい。

この町に住んだからこそわかる風景がもう一つある。

越後湯沢駅は上越新幹線の停車駅で、東京と新潟のほぼ中間に位置している。その線路の上を一日に上下約八十本の列車が行き交っている。帰省時期やゴールデンウイークなどの繁忙期は臨時列車が増発され、その数は二倍近くに増えることになる。湯沢の町は山で囲まれており、通過する列車はトンネルからトンネルまで、この湯沢の町を十秒ほどで走り抜けてしまう。しかし、二十二・二キロメートルの長くて暗い大清水トンネルをくぐり抜けた瞬間に、まばゆいばかりの光を車内に届けてくれるのが、この越後湯沢の町の明かりである。夏は真っ青な空から降り注ぐ光が、冬は一面真っ白な雪明かりが飛び込んでくる。川端康成の「夜の底が白くなった」という名文を肌で味わう瞬間でもある。

この上越新幹線が行き交う光景がわたしの部屋から見えるのである。特に夜の列車は美しい。そしてある日、その美しさが何十倍にもふくらむ光景に気づいたのである。

新潟発の最終上り新幹線とき480号は、二十三時八分に越後湯沢駅に入る。これがその日の上りの最終列車である。遠くからヘッドライトが見え始めると、その光が音もなくだんだんと大きくふくらんでくる。列車の窓の明かりが見え始める。八両編成の二階建て新幹線だ。上下の窓から規則正しい明かりが見えてくる。優しくて温かい明かりだ。やがて車輪がレールをたたく音が聞こえてくる。この上り最終とき号が、ちょうど湯沢の町の真ん中あたりにさしかかったときである。下りの新潟行き最終列車とき353号が、二十三時六分に越後湯沢駅のホームを静かに発車する。こちらも二階建て新幹線8両編成である。夜の十一時を過ぎて静まりかえった深夜に、この上り下り両方の最終列車が越後湯沢の町の真ん中で行き違う。やがて新潟行きのとき号はトンネルに消え、もう一方は越後湯沢駅に滑り込む。そして、越後湯沢の一日が静かに終わるのである。

このことに気がついてからは、わたしは毎日この時間になると部屋の電気を消して窓から眺めている。そして、二本のとき号を見送りながら、自分の今日の一日も無事に終わったことをかみしめる。


越後湯沢でのたくさんの発見と密かな楽しみは、マンションの部屋から見た絶景に、「うわぁー、きれいだ。すごーい。これ、ほしい」という興奮から始まった。これからも日々の生活の中で、できるだけ多くの興奮をしてみたい。そして、その興奮を素直に声に出して相手に伝えたいものである。

最後に。

このときの著作。出版から二年が経つが、重版はまだ実現していない。

働くことと休むこと

二〇〇三年八月夜十一時頃、自宅のトイレで意識がなくなった。

急に目の前が真っ暗になり、からだが思うように動かなくなって、徐々に意識が遠のいていくのが自分でもわかる。暗い世界に吸い込まれるように、やがて何もわからなくなった。気がつくと、トイレの床に頭から突っ込むようにして倒れていた。よほど大きな音がしたのだろう。妻がそばに立っていた。床に広がった血を見て叫んだ。

「どうしたの」

こっちが聞きたいのである。記憶が途切れているので何がどうなっているのかわからない。出血は左目尻の脇から出ているようだ。縁がへし折れたメガネが脇に飛んでいる。倒れたときにメガネの角が顔をえぐったようだ。

妻は救急車を呼んだ。深夜でも五分もせずに来てくれる。本人に意識があるので安心したようだ。すると、次から次に質問が飛んでくる。

「お名前は言えますか。救急車まで歩けますか。どこかお望みの病院がありますか」

行きたい病院が指名できることを初めて知った。確かに、長年がんの治療を続けているからだである。そのことを一番よくわかってくれている病院が安心できる。しかし、信号無視で走ってくれても三十〜四十分はかかる。それに深夜である。まさか帰りは救急車で送り届けてくれないだろう。タクシー代は負担か。それに妻がわたしの顔に押さえているタオルは真っ赤に染まっているらしい。まず、この血を止めることが先決だろう。こんなことが一〜二秒の間に頭を駆け巡った。頭脳はしっかりしているようだ。

初めて救急車に乗った。確かに動き始めたら止まらない。一般車が道を空けてくれる様子が寝ていても手に取るようにわかる。これが治療を急ぐからだでなかったら気持ちがいいのだが、と考える。やはり頭が多少倒錯しているようだ。しかし、仰向けで寝ていると前後左右上下に結構大きな揺れを感じるものである。

深夜の病院というのは、廃墟のようにしーんと静まりかえっている。救急棟だけが慌ただしく動いている。救急隊員も医師も看護師も、みんな大きな声でわめいている。一刻も早くという意識もあるのだろうが、聞き間違いを避けるための配慮なのだろうか。気弱な人では勤まりそうにない。

目の縁のキズは深かった。意識がなくなって落ちてきた頭か床にぶつかったときに、メガネの金属フレームが思い切り顔をえぐったのである。キズを縫うのも〝二段縫い〟といって、深い場所で一層縫ってから仕上げで表面層を縫うという。ダブルである。ウナ重のダブルというのは豪華であるが、これはいただけない。

しかし、もう一センチずれていたらメガネは目をえぐっていた。それを考えるとぞっとする。実は、この一週間前にも自宅のトイレで同じように意識がなくなったことがある。このときは大事に至らなかったのでそのままになっていた。しかし、一週間に二度も意識を失うという経験には、さすがに緊張感が走った。

後日、精密検査をしてみると、疲れが相当に溜まって、脳や心臓に大きな負担がかかっているという。次に倒れたときは意識が戻ってこない可能性が高い。少し休みませんか、というのが見立てである。

確かに、からだへの負担は大きい。生きるはずのないがんに出会い、手術と抗がん剤治療で乗り越えたが、そのときに使用した大量の抗がん剤の後遺症で、全身がしびれて動けない。それを毎日のリハビリで職場に復帰した。社会との接点をつないだのだ。しかし、誰もがしている規則正しい普通の会社生活が、年とともにこのからだには負担になってきている。生きていることの喜びの陰で、からだが悲鳴を上げているのだ。幾度となく攻撃を仕掛けてきた抗がん剤という毒薬に耐えてくれたこのからだが、もう無理だよ、と叫んでいる。今、この警鐘を聞いてやらないでいつ聞いてやるのだ。

精密検査や人間ドックというのは、その結果に必ず何か健康上の不都合が付いてくる。若いうちは、その若さという勢いがすべてを被ってくれる。しかし、四十～五十代になるとその勢いが失せて不都合が目立ってくるのだ。けれど、検査をする医療機関だって、五十歳を過ぎた人間を検査してたとえ異常が見つからなくても施設や機器の信頼性に関わるので、「異常なし」とは言えないのだろう。何かコメントをつけたがる。

こんな小噺《こばなし》がある。

「明らかなメタボ体質です。それにからだ全体が相当いたんでますね。今日から、一日五千歩歩いてください。それから、毎日お酒はビール一本、たばこは五本です。必ず守ってください。一か月実行して、またこの診察室に来てください」

そして、一か月後。

「よく頑張りましたね。少しずつ成果が出てるようですね。何が一番つらかったですか。やっぱり一日五千歩ですか」

「いえ、それほどでも」

「じゃあ、一日ビール一本ですか」

「いえ、これも案外楽でした。たばこ一日五本が一番つらかったです」

「やっぱり、たばこはつらいですかねぇ」

「ええ。ふだん、吸わないもんですから」

三十年勤めた会社を退職することにした。生きるためには社会との接点がほしい、それが職場への復帰だと、なりふり構わずしゃにむに頑張ったリハビリもそのためであった。スーツを着て満員電車に乗って毎日通勤する。自分の働いた結果が認められて賃金として評価される。誰もがしている普通のことが普通にできる喜び、これが生きている実感であった。しかし、体力の衰えと全身のしびれのバランスが崩れ始めていた。長年に亘ってわたしを育ててくれた東レを自らの意思で去ることにしたのである。その後の青写真は書かないまま、であった。

思えば、不器用な性格である。何事にも力いっぱい精いっぱいなのである。よく言えば、少しでもいいものを求めようと努力する。悪く言えば、中庸というものがない。性格は直らない。直そうとするともっと大きな不都合が生じる。だからこれでいい。

二〇一〇年の「いのちに感謝の独演会」参加者に、「今あなたが一番したいことは何ですか」と問いかけた。その中にこんなことを書いてくれた人がいた。「もうすこし、もう少し、って頑張ろう。自分を元気にするために、このもう少し、っていう気持ちが大事。でもね、疲れたときは休もう。この休もう、っていう気持ちがもっと大事」

自分の性格を知り、実践からつかんだ生きる知恵には説得力がある。

働くことと休むこと——今、どちらを摑みとるか

一生懸命に働くから休もうという気持ちになる。そして、休みの日が待ち遠しくなり楽しみになる。休んだら今度はまた働こう、という意欲が湧いてくる。この両方の世界を持っていれば、それぞれを行き来できる。これがどちらか一方の世界しかないと、生活が単調になり逃げ道もなくなるのである。だから、いくつになっても働きたいものである。

人にはたくさんの人たちとの交わりや関わりがあるが、それはその人の一部分であり、すべてを知っている人はいない。自分のすべてを知っているのは自分だけであり、それが自分へのこだわりでありプライドでもある。だから、その人に広がりや大きささを感じて魅力的なのである。


街頭で新製品のモニタリング調査をしているのをよく見かける。

「これ、新製品です。感触はいかがですか」

「いいですね。最高です」

「来月、五百円で新発売です。買いますか？」

「五百円出すんだったら、買いません」

ここが大事なのである。無料でくれるんだったら、「いいですね、最高です」とほめるが、ワンコインの五百円でも出すんだったら要りません、という。お金が絡むと、相手の評価がはっきりして厳しくなるのである。

だから、働いて得たその報酬というのは大きな価値がある。それがどんな仕事でも、またどんなに少ない報酬であってもすごいことなのである。自分の存在を自慢したらいいのである。そして、仕事を終えて家に帰ったときの顔が輝いている。自分がいつまでも社会との接点があり社会から頼られている、という自信とプライドで輝いているのである。

だから、働きましょうよ、いつまでも。そして、疲れたら休めばいい。休む勇気を持てばいい。いつまでも働くために。

ありがとうと根治苦笑

あなたはこれからのいのちを、どんな言葉に向かって生きていきますか。最近は、講演会などでよくこう問いかける。これは、がんの人に限ったことではなくて、すべての人へのメッセージである。言い換えると、いのちを終えるとき、自分の一生を一言で表現するとすれば、それはどんな言葉ですか。ということである。これは、遺言や辞世の句のようにして自分の人生の結果を表現するのでなく、そうしたい方向に向かってこれからの自分を作り上げていく、ととらえれば、建設的な発想である。自分がその気になればできるのである。

自分はこの言葉に向かって生きたいと、わかりやすい言葉で表現したいのちを、わたしは〝二つ目のいのち〟と呼ぶ。一つ目は、とにかく力任せにがむしゃらに生きてきたいのちである。目先のことや損得にとらわれて喜怒哀楽を表して生きてきたいのちである。

二つ目は、心豊かになれるいのちである。その境目は、わたしの場合は生きるはずのないがんとの出会いであった。しかし、誰にでも自分のいのちを真剣に見つめるターニングポイントはあるはずである。

どちらのいのちがいいということではない。どちらかを否定するのではなくて、両方とも自分にとってはかけがえのない可愛いいのちなのである。大事なことは、両方のいのちを経験すること、できることである。

第一章で、「いのちの落語―いのちの車」を読んでいただいた。この落語の中に出てくるクイズに、「あなたは、これからのいのちをどんな言葉に向かって生きていきますか」という問題がある。実は、このクイズには正解がない。参加者や読者の皆さんに考えていただきたいのである。考えて自分で自分の答えを見つけ出してもらうことに意義がある。

あなたは、今まで生きてきた一つ目のいのちを土台にして、二つ目のいのちはどんな言葉に向かって生きていきますか。

たくさんの人にこの質問を投げかけた。たくさんの答えが返ってきた。ありがとう。感謝。うれしい。笑顔。わくわく。頑張ろう。あなたと会えてよかった。きらい。アホか。バカヤロウ。コンチクショウ。・・・。

それぞれの言葉が、人生の強烈な出来事があったであろうことを想像させる。

そして、どれもが本音である。

「いのちの落語―いのちの車」の中で、次のような問題を設定した。

あなたは自分のいのちの車を、これからどんな言葉に向かって運転していきますか――。

そして、その言葉の選択肢は、〝ありがとう〟と〝コンチクショウ〟の二つである。

その二つの言葉を巡って、この落語の主人公である夫婦にこのように会話をさせている。

「・・・これは簡単だ。最後の問題はサービス問題だね。すべてに感謝でBの『ありがとう』に決まってる」（Bのボタンを押そうとする）

「ちょっと待って。これはヒッカケ問題だと思うのよ。最後の関所はそんな簡単には通してくれるワケがないでしょ。きっとアンタの本心が問われているのよ。ホントに心から『ありがとう』と思っている？『どうしてオレががんになるの？世の中にはオレよりもっと悪いことをしている連中がたくさんいるよ。どうしてオレなの？あんちくしょう、こんちくしょう』って思ってないですか。本音を言いなさい。これが問われているのよ。だから、わたしはAの『コンチクショウ』だと思うのよ」

「そうか・・・。なるほど、そうだよね。やっぱりカミさんはしっかりしてるね。冷静に深読みしているよ。その通りだ、ウン。Aの『コンチクショウ』で行こう。よし、A。それ行け！・・・」

詳しくは第一章を読み直してみてほしい。また巻末のCDで耳から体感していただきたい。わかりやすいように、〝ありがとう〟と〝コンチクショウ〟という両極端な言葉を対峙させた。

〝ありがとう〟という言葉が持つ大きさを改めて感じる。柔らかな温かい空気ですべてを包み込んで、自分だけでなく周りをも笑顔にする不思議な力を持っている言葉である。この〝ありがとう〟の一言だけがいい。なぜありがとうなのかの補足説明や余計な言葉がないほうがいい。魔力を持った言葉である。

反対に〝コンチクショウ〟には、いらだちや無念さは感じるが、誰をも寄せ付けないエアカーテンの先には人間としてのプライドも感じる。

二〇一一年三月十一日に発生した東日本大震災に遭い避難所で生活する人に、メディアのレポーターが、「今一番必要なものは何ですか」と、マイクを向けた。ある年配の男性が迷わず答えた。

「おにぎりは要らない。酒がほしい」

声は震えていた。家も家族も失い、生きる目標も生活の目処も立たない状態で思い切り泣くことさえもできないのだ。酒がほしい、と訴えるこの人を誰が責められようか。持って行き場のない悔しさとつらさと憤り。ここにいのちの叫びがある。いのちの本音がある。

〝ありがとう〟と〝コンチクショウ〟——今、どちらを摑みとるか

わたしは、働き盛りの四十三歳のときに、生きるはずがないというがんに出会った。自分だけでなく家族の生活をも巻き込んで犠牲にしてしまう出来事である。一番最初に口をついて出てきた言葉は、「コンチクショウ」である。わたしは、今でもこのときのこの一言を決して忘れない。そして、「ありがとう」という言葉が、口から素直に出るようになるのに十年がかかった。

この二つの言葉、両方ともが本音である。どちらかを選ぶのではなく両方を経験してそれを生かしていくことが大切である。できれば、〝コンチクショウ〟の上に〝ありがとう〟が乗っかっているいのちが頼もしい。
両極端に見える言葉が、実はつながっていてそれも近いところに存在していることが自分のたどった道からわかってきた。

そこで、わたしは〝コンチクショウ〟という感情を〝根治苦笑〟という字で表現してみた。笑いが、（コンチクショウという）苦しさを根っこから治してくれる、という意味である。われながらうまい表現だと自賛している。ただ、これは熟考に熟考を重ねた末の産物ではなくて、パソコン入力時に起きた変換ミスによる偶然の結果である。日本製の変換ソフトを入れる前は、パソコンが予想しない漢字に変換をしてくれることがよくある。「えっ、そっちへ行くか？」と、思わず笑ってしまう。そして、「よく考えたね」と、褒めてあげたくなるものである。

たとえば、「やくざいし」とひらがな入力する。当然、「薬剤師」と書きたいのである。読者の皆さんも、ひらがなでこう聞かれれば、大半の方はたぶん同じように反応すると思う。ところが、わたしのパソコンは、「やくざ医師」と変換したのである。そこで区切るのか、と感心した。そして、笑ってしまった。次に、お付き合い願っている何人かの医師の顔が浮かんだ。だが、過去にそんな変換をした記憶はない。今でも思い出しては笑いがこみ上げてくる。

同じような経験をしている人がたくさんいるらしく、日本漢字能力検定協会が、秀逸な漢字変換ミスを集めた「変漢ミスコンテスト」を募集して発表している。思わず笑ってしまうものが多い。中でもわたしが気に入っているのが、次のような「作品」である。（　）内が正解である。

「日本の卑怯100戦」（正解は、日本の秘境100選）
「何か父さん臭い時がある」（何かと胡散臭い時がある）
「私魔性（渡しましょう）
「漁解禁よウニお願い」（了解金曜にお願い）

なるほど、上手に間違うなあ、と感心する。もっとたくさんの事例が載っているので、笑いたい人、興味のある人はパソコン検索して楽しんでほしい。ただ、検索で変換ミスしないようにご注意を。

この変換ミスというのは、発想の転換や柔軟な頭の訓練道具に使える。世の中の常識や過去の生活環境からは出てこない発想である。だから、感心したり、笑えるのである。パソコンや携帯メールでの変換ミスを楽しんでみてほしい。電車の中とか、疲れたときなどの気分転換にちょうどいい。また、自分の傑作集を作っておいて友人に公開すれば周りを笑顔にすること必定である。

〝根治苦笑〟を乗り越えて〝ありがとう〟に向かって生きるいのちには、もう一つの大事なことがある。それは、自分がいのちを終えるときにこの言葉を口にしたとき、それを家族が聞いて受け継いでくれることである。

「お父さんは、わたしに『ありがとう』と言った」
「お母さんは、『ありがとう』と言ってくれた」

この一言を自分のいのちの中に受け継いで生きて行くのである。そして、また自分の子たちに、自分の〝ありがとう〟を伝えていく。これが家系をつなぐ、ということである。

あなたは自分のいのちの車を、これからどんな言葉に向かって運転していきますか――。

いい病院と頼れる病院

テレビでおなじみの「笑点」の大喜利で、過去にこんな問題があった。

あなたが、二度と行きたくない病院とはどんな病院ですか――。

その答えがおもしろい。

「帰り際に、『毎度ありがとうございます。お近いうちにまたどうぞ』と、看護婦さんが笑顔で見送ってくれる病院」

「医者がカルテをひらがなで書いてる病院」

「いつ行っても待たされない病院」

「『もう少し体重を落としなさい』と、太った医者から言われたとき」

「駐車場にいつも互助会の車が止まっている病院」

「経営者がお寺の住職だというううわさの病院」

これは十年以上前の放送なので記憶が確かでないところもあるが、メモを頼りに再現してみた。また、生活や医療の環境が違うので価値観が変化しているが、今でも十分に笑える。ただ、その笑いの質が違うように思えるのだ。つまり、今では、その内容が架空の絵空事ではなくて、「そうそう、そんな病院ホントにあるよ」とか、「こんな先生ホントにいるよ」という共感の笑いなのである。そして、もう一歩踏み込んでみると、それぞれの答えで描かれたようなこんな病院があってもいいな、と思えてくる。自分が納得して受け入れれば、それでいいのである。

では今の現代で、全国の医師にこんな問題を出したらどんな答えが返ってくるだろうか。

―医師に聞きました。あなたが二度と診たくないのはどんな患者さんですか―。

笑点流に答えを作ってみる。

「『最近つらいことはありませんか』と聞くと、嫁の悪口を長々としゃべり始めるおばあちゃん」

「前の晩にネットで調べた医療用語を振り回して議論をする患者さん」

「『セカンドオピニオンをとります』が口ぐせの患者さん」

「がんの患者さん」

「すぐに治る患者さん」


医療に関する情報開示や均てん化が進み、わたしたちの身の周りには病気や治療についての情報が溢れている。だから、最近の患者さんは医師の言うことをなかなか素直には聞かない。簡単には納得しないのである。また、高齢者には、日頃自分の話を聞いてくれる人がいない、話ができる場所がない、という事情もある。だから、病院や介護施設が話し相手として頼りになるのである。

また、医療者側からすれば、〝すぐにはいのちの危機に直面しないで、かつ治りにくい病気〟が〝お得意様〟ということになる。その両面からアプローチをすると、前述のような〝いやな患者さん像〟が見えてくるのである。しかし、この一つ一つに生きることへのこだわりがある。


「どこの病院がオススメですか」

「どの先生がいいのか教えてください」

わたしはよくこの質問を受ける。悪質ながんを乗り越えてきたことや、全国の医療者の方々との交流があるということがその理由なのだろう。

講演先で相談されることもあるし、ホームページにメールで入ることもある。また、手紙で届くこともある。どれもすべてその内容は深刻で八方ふさがりの状況が感じられる。中には、「・・・ワラをもすがる思いで」という文面もある。わたしはワラか、と苦笑しながらしかし本意は十分に伝わってくるので、できるだけ丁寧にお返事するよう心がけている。

この種の情報は、今はインターネットで検索すれば居ながらにして簡単に入手できる。また、ほしい情報を、例えば病院名、診療科、病名、手術数、生存率、ベッド数などの個別情報を、自分にとっての必要な順に並べ替えて自分流にカスタマイズすることもできる。きわめて便利である。書店に行くと、医療・健康コーナーにはたくさんの医療情報が並んでいる。がん治療の有名病院ランキング、名医ベスト１００など情報には事欠かない。つまり、「いい病院」が数値化されている。そして、ほとんどの人がその気になれば入手できるのである。しかし、これらはすべて数値によって客観化された情報である。

それが悪いとは言わない。議論をしたり評価をする場合に、誰もが理解できる共通の尺度として数字の持つ意味は大きいのである。しかし、自分や家族がいのちに関わる重要な決断をするときに、その客観情報だけで満足するだろうか。自分を納得させるための情報が何か一つ足りないのである。その足りないものとは、肌で感じる主観情報である。

居ながらにして情報を収集して必要なことに役立てていく生き方、つまりそれはＰＵＬＬ（プル）の人生である。一方、自分の足で稼いで必要なものをかき集めてくるのは、ＰＵＳＨ（プッシュ）の人生、打って出る生き方に通じる。プルかプッシュか。

本やデータによって得た複数候補からただ一つを決めるために、今度は自分の足で直接出向いて確かめることをオススメしている。事前のアポは必要ない。病院の中をただ歩いてみるだけでいい。目や耳など肌で感じるたくさんの情報があるのである。

数値化できないが、とても大切なたくさんのアナログ情報を意図をもって分類して、次のようにまとめてみた。

●A群

・窓が多いわけでもないのになんとなく明るい。
・看護師さんが笑顔だ。
・年配の（または若くない）看護師さんが多い。
・スタッフが廊下や待合室で患者に声をかけている。
・医師が廊下の端を歩いている。
・診察室の患者の椅子に肘掛けが付いている。
・治療が終わって玄関を出てくる患者さんが前を向いて歩いている。
・受付会計スタッフに微笑みがある。
・なんか感じがいい・・・。

●B群

・病院に入った瞬間にざわざわと騒々しい雰囲気を感じる。

・看護師さんが患者と目を合わさないように、さも忙しそうに歩いている。小走りも見かける。
・狭い廊下を患者さんが遠慮がちに端を歩いている。
・医師が白衣の前ボタンをはずしてなびかせながら颯爽と廊下の中央をスリッパの音高らかに歩いている。
・スタッフみんなが無表情で我が業務を淡々とこなしている。
・院内に時計が少ない。
・なんか感じが悪い・・・。

これらはすべて現場に行ってみないとわからない情報である。そして、数値化しにくいので人に伝えにくいし比較もしにくい。ただ、人や物に頼らず、骨身を惜しまずに自分が足を運べば直感でわかることである。そして、「ここにしよう。ここならわたしのいのちを任せてもよさそうだ」となり、頼れる病院となる。そして、これが「自分が決める」、ということである。自分が決めたら、苦難を乗り越える決意が強くなる。後になっても決して言い訳はしないものである。

いい病院と頼れる病院――今、どちらを摑みとるか

がんや心臓病や脳疾患などいのちと直接関わる深刻な病気と出会ったとき、どこの病院で治療するか、というのは重要なことである。治療の質だけでなく、治療が長引く場合は、医療費がどれくらいかかるか、家族が通院しやすいか、なども決め手の要素になる。

医療者からみれば治療は目的であるが、医療を受ける側からすれば治療は手段なのである。これから先をどう生きたいのか、が本質であって、治療はそれを実現するための手段なのである。だから、家族の生活への負担や犠牲もできるだけ少なくしたいと考える。

わたしは、病院を選ぶときの基準を次のように区別している。

その病院が持っている数値化できる情報が、他の病院と比較して優位にある病院を「いい病院」と呼ぶ。これは、書店に並ぶ病院ランキング本で常に上位にランクされている。

「頼れる病院」とは、人からデータとしてもらう情報ではなく、実際に自分で足を運んでみて肌感覚で感じ取ったもので、ここにしよう、と思える病院である。勇気は要るが自分で決めたという何物にも代え難い強さがいつまでも残るものである。


わたしは、以前は病院というのは縁遠い存在であったが、がんとの出会いを契機に、自分の治療や見舞いだけでなく、講演などで全国の病院を訪問することが多くなった。そんな中で患者の立場で感じた印象を言葉にしてまとめたのが、先に記載したA群・B群である。治療や入院が必要となったときに行きたいのがA群で、ここだけは避けたいと思うのがB群である。

もう少し具体的に補足しておこう。

ある病院の待合室にしばらく座っていた。五十人ほどが座れるが、建物が古く決して広くはなく窓もないが、壁にはほっとするような大きな風景画がかかっている。掲示板にはカラーイラストの入ったスタッフ手書きのお知らせがたくさん貼ってある。ある看護師さんがこの待合室を通るときに、歩きながら必ず座っている人を見ている。顔見知りを見つけると、「お変わりないですか」「今日は検査ですか」。そして、笑顔でこぶしを握って〝頑張って〟というポーズでエールを送っている。しんどそうな人には、「処置室で横になりますか」、長時間座っている人には「お名前は？　担当医は誰ですか」と声をかけている。この看護師さんだけの気遣いかと思ったら、そうではなく、皆さんが患者さんの様子を目配りしながら歩いている。話しかけるときはすてきな笑顔である。

やさしさと温かさがあり、寄り添ってくれるということを肌で感じる病院である。

最近、静かな病院が増えた。マイクで患者さんを呼び出す放送がなくなったのである。マイクに代わって待合室や診察室の前にパネルが用意され番号が表示される。入口での受付時にその日の自分の番号が与えられて、その番号が表示されたら診察室に入る仕組みになっている。だから、しーんと静まりかえった病院内では、患者さんが黙って整然と行動している。システム化によって変化した病院は、無機質で不気味な風景である。

この変化の背景の一つには、個人の名前を安易に公開しないという個人情報保護の視点や、受付や検査室、診察室などが勝手にマイクでクセのある大声で患者さんを呼び出す騒々しさを解消することにあるのだろう。

しかし、この無声パネル呼び出し化によって、患者さんはずっとこのパネルを見ていなければならない。今までのように本や雑誌を読んで待ち時間を自分なりに工夫もできない。待合室では、全員がいつ自分の番号が表示されるかと、じっとパネルを凝視している。何もできないのである。そして、番号の表示に操られるように動いていく。

病院が自分の都合だけを優先して患者さんの自由を奪っているのである。問題に対する対策の立て方がすこし的外れのような気がする。マイクを持って放送するときのしゃべり方や早さ、マイクの音量などの改善や教育をすればいいのである。人の生の声で名前を呼ばれるのと、無声パネルの番号に操られるのでは、人間としての扱いに大きな差がある。たとえハンディキャップを負ったからだが癒えても、その代わりに人格にキズをもらったのではその代償は大きい。

ＩＴの急速な発達によって、インターネットやメールが容易に利用でき、必要な情報が早く入手できるようになった。そして、人と話さずして仕事や生活ができる。場合によっては、一日誰とも話さずとも平気で暮らせるようにもなった。

それによって人との摩擦やトラブルも表面的には減ったように見えるが、反面、人のぬくもりやありがたさを失うことにもなる。人間がホントに困ったときに一番ほしいのは、人の温かさなのである。人と人との言葉の交わりを大切にしたい。摩擦を恐れずに。

最後に。

わたしが選んだ「頼れる病院」は、雑誌や本で紹介されている「いい病院」の中には入っていない。

「数字がない」とゼロ

シリアルな、いやシリアスな内容が続いたので、本項は少し骨休め、いや箸休めをしていただこう。出だしからすでに始まっているが、世の中には似て非なるものというのがある。外見や名前が似ていて中身や機能が全く違うものをいう。

間違えて大笑いですむこともあれば、実害が出たり、ときには人生を大きく左右する選択につながることもある。自分の持っている限られた語彙《ごい》に左右されて思い込みで受け取ってしまうこともある。

そういわれてみればどこが違うのだろう、と考え込むことだってある。そして、その違いがわかると〝なるほど〟と感心しながら誰かに話したくなる雑学知識にもなる。

受け取り手が勝手に勘違いをしてくれるこの特質を、わたしは自分の創作落語の中に生かして利用することがよくある。そのために、本を読んだりテレビを見たり会話をしたりする何気ない日常の生活の中で味わった〝似て非なるもの〟をメモしておく。本項ではそのメモの中から少しだけ蔵出ししてみよう。

なお、各項目の解説には正確さを旨として調査をしたが、著者の主観が入って客観性に欠ける項目もある。興味ある項目の、より正確な内容については読者の皆様の独自調査に委ねることにする。

・ベランダとバルコニー

ベランダは屋根が付いていてアパート型住居の暑さ対策で考案されたインド語。バルコニーは屋根がなくて主として海の見えるリゾート地で考案されたイタリア語、である。

けれど、ベランダからは蚊取器のＣＭソングが聞こえてきそうで、バルコニーには松田聖子の曲が流れていそう、という説明のほうがわかりやすいだろうか。

・うつ伏せと腹ばい

同じ格好だけど、うつ伏せは寝ている状態、腹ばいは起きてる状態。そういえば、うつ伏せ寝という言い方がある。

・山かけそばととろろそば

とろろを冷たいせいろそばで食べるのがとろろそばで、とろろを温かいかけそばに盛ったのが山かけそば。そばが冷たいか温かいかで呼び方が変わる。

・そうめんと冷や麦

見た目は、そうめんのほうが冷や麦よりも細いが製法が違う。そうめんは油をつけて撚った麺で、冷や麦はうどんを細く伸ばしたもの。わたしは、のどごしの良さが好みでそうめん派。

・糸こんにゃくとしらたき

糸こんにゃくはしらたきに比して太い。しらたきは糸こんにゃくに比して細くて白い。解説になっていないだろうか。

・ちくわとちくわぶ

ちくわは魚肉などのすり身を竹に巻いて作るのに対して、ちくわぶは小麦粉と塩だけで作ったほとんど味のない食べ物。古典落語「時そば」の中で、「たいがいのそば屋はちくわぶだけど、ここはちくわだよ。お前偉ぇなぁ」というクダリがあるように、江戸庶民の間では、ちくわぶはちくわの代用品として使われていたようだ。

・サスペンスとミステリー
謎解きがミステリーで、緊張感を楽しむのがサスペンス。
最近は、サスペンス・ミステリーという分野もあるからややこしい。

・うえとあやとあやとちえ
上戸彩と綾戸智絵。かなで書くと、早口言葉か順列組み合わせの問題のようで余計に混乱する。わかってはいるのだけど、名前と顔と発音がなかなか一致しない。綾戸さんは正確には、「あやどちえ」さん。

・ティラミスとピラティス
ティラミスは以前に日本で大流行したイタリアのチーズケーキの一種。ピラティスは、呼吸法を生かしたエアロビクスで、深層筋を緩やかに鍛えることで今人気のエクササイズ。これがなかなか覚えられない。「太るのがティラミスで、引き締まるのがピラティスと覚えなさい」と、ピラティスレッスンに毎週通う妻が言うが、その効能書きも怪しいものだ。

・願望と欲望

本能により近いものが欲望で、本能から遠ざかろうとしているものが願望。

・宅急便と宅配便

宅配便が一般名で、宅急便はクロネコヤマトの商品名。一般家庭向け小口荷物配達の代名詞となった宅急便は、企業努力によって新しいビジネスモデルを産み出し成功させた代表例。

・カラーリングとカーリング

カラーリングは毛を染めることで、カーリングは冬のスポーツ。ある女性が忙しさに紛れてしばらく身なりをかまわなかったら白髪がたくさん目立った。久しぶりに行った美容室で聞かれたそうである。「どっちに染めますか」。髪がだいぶ後退した年配の男性が床屋に行って開口一番、「短めにやってください」。すると床屋さんがすかさず言った。「前はどうしますか」。商売人の精いっぱいの抵抗なのだろう。

・関東と首都圏

関東は、関西に対応する呼称で、一都六県。東京都、神奈川県、千葉県、埼玉県、茨城県、群馬県、栃木県。首都圏は、関東に山梨県を加えたもので関東より後にできた呼称。

・利子と利息

借りたお金に対して払うのが利子。預けたお金に対して増えるのが利息。

「数字がない」とゼロ――今、どちらを掴みとるか

わたしが肺がんの治療を受けるときに医師から伝えられたデータがある。「三年生存率は五パーセントです。五年は・・・」と言って少し間があった。そして静かな声だがはっきりとした声で続けた。「数字がないんです」。

数字がない。肺小細胞がんの厳しい治療実績である。その瞬間にわたしの目の前が真っ暗になった。わたしのいのちは長くても五年で行き止まりなのか。今そんな場所に立っているのか。やらねばならないことがたくさんある。頭の中を駆け巡った。その間二～三秒だっただろうか。そして、ふと気づいた。数字がない、ってどういうことなのだろう。数字が見つからない、ということだろうか。だとしたら、探し方が悪いのではないか。質問した。

「数字がない、ってゼロではないのですよね」

「ゼロではないと思います。有効数字の中に入ってこない、ということです」

「よかった」

有効数字の後ろに、きっと数字があるはずである。その数字を頼りに厳しい治療に向かって行った。数は少なくても生きてる人がいる。前を歩いているその人を頼りにして自分も歩いていく。そこに道が付く。だから逃げない。難しい論理よりも目で見える事実のほうがはるかに大きな説得力がある。

「数字がない」ということを、「ゼロ」と理解してしまうとそこですべてが終わってしまう。これは似て非なるものである、と捉えることで新たな道が付くのである。これを伝える医師もずいぶんと考えた末の表現であろう。

仕事がない、希望がない、夢がない、お金がない、極めつけは、後がない、だろうか。しかし、ゼロではないはずである。ない、と自分で思い込んでいるだけではないだろうか。ない、ことを楽しんでいるだけではないだろうか。つらくなったときには、冒頭に並べた「似て非なるもの」を思い出して楽しんでほしい。きっと何か〝ある〟はずである。

二〇一一年五月でがんと出会って十五年が過ぎた。同じ道を歩いて来る人たちには、有効数字の後ろにわたしのいのちがあることを見つけてほしい。それがわたしの恩返しの一つである。

死にたいと死ねない

死にたい、と思ったことがある。

それは、がんと出会って、順調に治療が進んで行ったときのことである。手術を挟んで休むことなく続けられた抗がん剤治療によって、体力も免疫力も極端に落ちていった。わたしの肺小細胞がんに使用する抗がん剤は、とびきり強力である。強いがんにもよく効くがからだにも負担が大きいのである。つまり副作用が尋常ではない。その治療を休むことなく続けたのである。

白血球や血小板が急激に低下するので、感染症にかかりやすい。だから家族や見舞客が持ち込む雑菌が大敵なので家族も近づかない。腎臓や肝臓の機能が極端に低下する。だから大量に水を飲んでからだの毒を外へ追い出す手助けをしてあげないといけない。三十分おきに吐く。二十四時間である。だから寝ることができない。食べてなくても吐く。出てくるのは胃液だけである。それから倦怠感が襲ってきて集中力がなくなり、じっと静止しているとつらくなる。何かを考えると頭が痛くなる。からだも心も八方ふさがりの状態である。このつらさは、治療の回数を重ねると、そのことに慣れてきて多少は楽になるだろうと思ったが、結果はその逆であった。体力がどんどん落ちているので、治療の負担が相対的に大きくなり、このつらさは回を重ねるにつれて増していった。これが毎日続くのである。

転移したがんを追っかけるため、手術直後にできるだけ多くの回数の抗がん剤治療をやりたい。これは自分が自ら決めて選んだ道である。しかし、この昼夜を分かたず襲ってくるつらさに、心身ともにヘトヘトの状態であった。しかも、「三年生存率五パーセント、五年は数字がない」という。

つらさを乗り越えた先には必ずご褒美が待っている、と約束してくれるのなら、よし頑張ろう、という気になれる。しかし、頑張っても楽しいことが待っていてくれるとは限らない。いや、むしろ圧倒的に行き止まりであることのほうが多い。そんな状況で、どう頑張れ、というのだろうか。自分への激励の方法が見つからない。からだもこころもボロボロになっていくのに、抜け出せる道が見つからないのだ。

「つらい」

と、このとき思った。

もういいではないか。お前はよく頑張ったよ。ここで終わりにしようよ。

そんな声が聞こえてくる。そうだ。がんという病気に無理矢理にいのちを持って行かれるよりも、自分のいのちは自分の意思で集大成したい。

生き方はいつも自分が決めてきたではないか。

「死にたい」

と、このとき思った。

そのときに、感染症の予防のためにしばらく来なかった妻が久しぶりに病室にやってきた。

今日本で自らいのちを絶つ自殺者の数は、年間三万人である。この数はここ数年ずっと変わっていない。交通事故で亡くなる人は漸減してきて八千人である。自殺者の数がいかに多いかがわかる。ここにわたしのような予備軍を加えれば、その底辺はきっと桁違いに大きいであろうことは想像に難くない。

久しぶりに病室にやってきた妻は笑顔だった。そして、楽しそうに言った。
「あなたの喜ぶもの持ってきてあげたわよ。ほら、志ん生のテープ」
そうだ、わたしには妻がいたのだ。家族があるのだ。妻は、夫が生きることを否定されたようながんにかかっていると知ったとき、どんなにつらい思いをしたことだろう。後戻りができない毎日を、自分に何ができるのかではなく、今自分は何をしなければならないのか、と問い続け行動してきたのである。毎日病室を見舞って容態を見たり片付けものをするよりも、雑菌に感染するといけないので病室に来ないで、と言われるほうがよほどつらかったはずである。

遠く離れて様子がわからずに暮らすわたしの父母にも毎日電話で連絡を取っている。持って行き場のない不安を一人で抱えた毎日は、きっと本人以上につらかったに違いない。

話は飛ぶが、五年ほど過ぎた頃だろうか。夫婦げんかをしたときの妻の決め台詞がこれだ。

「オレはがんだ、オレはがんだ、って最後はがんの印籠出してくるけど、そんなもので一件落着にはならないの。家族がどんなつらい思いをしてるかわかってるの」

この言葉には一言も返せない。それ以来、わたしは妻にはがんの印籠は出さないことにしている。

これまで自分の思いや都合で家庭を引っ張ってきた。今は少しだけ辛抱しよう、後になってきっと楽しいことが待ってるから。きっとうれしくなれることがあるから。その美名のもとにたくさんのことを犠牲にしてきた。自分は仕事、仕事中心の毎日で、家庭でゆっくり話したり笑ったりしてくつろぐときはなかった。食卓でも風呂でも仕事が頭から離れなかった。

このときに失ったものは、カタチあるものではなく、家族が笑顔になれる〝とき〟なのである。

年取ってから二人でゆったりと生きようと、描いた青写真通りの道に妻を引っ張ってきて、その結果が途中で行き止まりなのだ。これは、〝ゴメン〟ではすまないだろう。失ったのが〝もの〟であれば、買って取り戻せばいい。しかし、〝とき〟は戻ってこない。

自分のいのちは、「死にたい」で解決するかもしれない。しかし、わたしを信じてつき合ってくれた妻はそれではすまないのだ。自分が二人分のいのちを背負っているのだ、ということに初めて気づいた。死んでも解決しないのである。

「死ねない」

と、このとき思った。

死んでも何も解決しないのである。それよりも妻への申し訳なさでもっとつらくなるだけである。しかし、八方ふさがりの自分のこのいのちをどうすればいいのか。

死ぬことよりももっとつらいことがある。それは〝死ねない〟、ということである。このとき、それに気づいたのである。

「死にたい」と「死ねない」――今、どちらを摑みとるか

「あなたの喜ぶもの持ってきてあげたわよ。ほら、志ん生のテープ」

生きることに八方ふさがりのとき、妻が笑顔で差し出した一本のカセットテープ。それは、古今亭志ん生の「火焔太鼓《かえんだいこ》」であった。この落語は、初心者にとっては入門編ではあるが、のめり込んだ末に行き着く落語でもある。

落語のおもしろさ、楽しさ、難しさなどすべてが凝縮されたまさにバイブルなのである。志ん生師が作り上げた抱腹絶倒の言い回し、古道具屋夫婦の機微、生きる楽しさなど何度聞いても笑い出してしまう傑作である。

からだから生気が抜けて今にも消え入りそうな状態で治療を続ける毎日であったが、その中でも少しばかり気持ちが楽になった夜があった。真っ暗で静まりかえった夜中の病室で、わたしは無意識にこのテープを引き出しから取り出しカセットラジオに入れてボタンを押していた。イヤホンからは、一丁入りの出囃子に乗せてまさしく志ん生師の高座がよみがえってきた。

「お前さん、古いものを市《いち》で買ってきては損ばかりしてるじゃないかねぇ。この間も平清盛のしびんってぇの・・・」

「オレが古いので損したのはそれだけじゃないよ。巴御前の腹巻きだろ、それから源頼朝三歳の時のしゃれこうべだろ・・・」

「今日お前さんが損して帰ってくるようだったら、当分の間おまんま食べさせないよ、わかったかい？口で言ってわかんなきゃ、食べ物で教えるんだよ」「オレは犬じゃねぇ、コン畜生！」

「殿がこの太鼓をお買い上げになるかもしれん。道具屋、いくらなら手放す？手いっぱい申してみろ・・・手いっぱいと言ったら、手をいっぱいに広げて。何なんだ、そのほうは」

「では、三百両でどうだ」

「さっ、さっ、三百両って、こっ、小判三百枚ですか」

「不足か」

「けっ、結構です。三百両で売ります。いっ、今すぐ三百両ください」

「わかっておる。受け取りを書け」

「受け取り要りません」

「こっちで要るんだ」


「道具屋、帰り道でふところの金を落とすなよ」

「冗談じゃない。自分落としたって、金は落とさねえ」


「おっかぁ、よく聞けよ。この太鼓、いくらで手放す？ 手いっぱい申せ、って言うから、オレは手いっぱい広げて十万両って言ったんだ」

「バカがこんがらがっちゃったよ、この人は」

「三百両で売れたんだよ、あの太鼓が。ウソだ？　ようし、今からここに並べて見せてやらぁ。三百両なんか見たことないだろ。てめぇ、びっくりして座りションベンしてバカになるなよ」

「(百両を見て）あれぇ、お前さん水一杯おくれ、(二百両を見て）お前さん商売上手だねぇ、(三百両を見て）やっぱり古くて音が出るものがいいねぇ」

「そうともよ、今度は半鐘《はんしょう》仕入れてくらぁ」

「半鐘はおよしよ、おジャンになるから」

　思わず笑っていた。長い間笑うことを忘れていた。何度聞いてもお約束の場面へ来ると笑ってしまうのである。静まりかえった真夜中の病室で、自然に漏れた笑い声が不気味に響き渡っていたに違いない。そして、笑った後は不思議になんだかからだが軽くなっていた。つきものが落ちたように頭の中がなんだか白く明るくなった。なんだか元気が出てきた。そして、なんだかおなかが空いてきた。そうだ、ここ何日も食べていなかったのだ。

この暗くて冷たい世界からわたしを引っぱり上げてくれたのが、妻が持ってきてくれた一本のテープであった。妻はきっとこのテープが必要になるとわかっていたのだろう。

前へは進めず後ろへも引けず、八方ふさがりのいのちに、「死にたい」と思った。しかし、死んでも解決しないことがあると知ったとき、「死ねない」と思った。それは死ぬことよりもつらいことであった。そして、そのつらさを救ってくれたのが家族と笑いであった。

誰も一人で生きてはいない。あなたを思ってくれている人が必ずいるのである。そして、わたしには笑いがあったように、誰もが自分の中に元気になれる力を持っているのである。あなたが楽しくなれることをたくさん用意してみよう。その力がつらいときにあなたの背中を押してくれるはずである。

自分を信じてあげようではないか。

もう一つのいのち

もう一つのいのちとは、〝非日常の楽しみ〟を作ることである。毎日が後戻りできない厳しいいのちの繰り返しである。それを乗り越えるためには、笑顔になれることをたくさん用意して厳しさを楽しさに変えていくことが日々の生活の中でのコツである。しかし、それだけでは続かない。長い人生の中では〝非日常の楽しみ〟を持つことも大事だ。これが両輪になって自分のいのちを前に進めてくれる駆動軸となる。

〝非日常の楽しみ〟。わたしの場合は、旅と温泉だ。旅と温泉、それぞれが目的だ。旅は温泉に行くための手段でなく、旅そのものが楽しみの一つである。だから、旅と温泉の楽しさが重なったときには二重の楽しみとなり、1＋1＝3の相乗効果が出るような仕掛けである。

講演で全国各地へお伺いをする。終わった後に、あらかじめ調べておいた近所の温泉へ電車やバスを使って向かう。手間をかける分だけ自分へのご褒美が大きくなる。また、観光ガイドブックやセット旅行などで取り上げない地元の人たちだけが浸かる温泉場を教えていただけることもある。

ここでは、わたしの〝非日常の楽しみ〟の一つである旅と温泉の中から、自分の足で歩き味わったいくつかのとっておきを蔵出ししてご紹介しよう。

最初は、青森の酸ケ湯温泉である。〝スカユ〟と読む。開湯三百年の湯治温泉で、八甲田山の中腹にある素朴な一軒宿である。温泉以外には何もなく、夏は高山植物に囲まれ、冬は二メートルを超える積雪で一面真っ白の銀世界に一変する。泉質は乳白色の酸性硫黄泉で、最初はからだにピリッとするが、なじんでくると肌がすべすべしてくる。

冬が雪深いため露天風呂はなく内湯だけであるが、その中でも圧巻なのが総ヒバ作りの千人風呂だ。貴重な青森ヒバを贅沢に使用した浴場には大小五つの風呂がある。大きさや温度や温泉の濃さに変化があり、順番に楽しんで回りながら温泉とからだの調和が図れるように工夫されている。

そして、この風呂は入口と脱衣場は男女別になっているが中は一つ、つまり混浴なのである。入ってみるとわかるが、中は立ちこめた湯気でほとんど何も見えない。温泉も白濁しているので透明感はない。百六十畳といわれるこの大きな浴室には、あふれ出る温泉がヒバの天井にこだまして聞こえてくる音だけである。海抜九百メートルの八甲田山の中腹で、壁の外は二メートルを越す大雪である。青森ヒバの香りの中で、乳白色の硫黄泉に身を沈めていると、わたしには出る一言がある。

「生きててよかった」

である。

この温泉は、観光ではなく湯治を目的に作られた秘湯であり、湯治用の宿泊施設がある。といっても内湯続きの立派な建物であり何の不自由も感じない。そして、一人宿泊でも歓迎してくれる。わたしが電話で予約を入れると覚えていてくれて、「お変わりありませんか。体調は如何ですか」といつも気遣ってくれる。食事は有名な温泉地のような豪華さはない。八甲田山周辺で採れた山の幸が中心の地産地消、まさに贅沢な内容である。そして、車を持たない人や遠来の人のために、青森駅から無料送迎バスを出してくれる。

からだの不調を整えたい、純粋に温泉を楽しみたい、あんまりお金持ってないんだけど一人でも泊めてくれるだろうか。そんな人たちを上質の湯とヒバの香りで迎えてくれる温泉である。

次は、岩手県松川温泉である。大自然が息づく岩手県八幡平松川渓谷沿いに山小屋風の温泉宿が三軒点在する。どこか一軒に泊まるとすべての宿の温泉を外湯として利用できるようになっている。泉質は白濁の硫黄泉であり、温泉以外には何もない岩手の秘湯である。秋にはこの松川渓谷が一面の赤と黄色に染まる。松川大橋からの眺めは息をのむほどに美しい。

ＪＲ盛岡駅から路線バスで一時間三十分、車がなくても一人でも行ける温泉である。内湯もあるが、圧巻なのは、渓谷沿いに突き出した露天風呂だ。新緑や紅葉の時期もいいが、わたしが一番好きなのは粉雪が舞う季節である。肌寒い頃になるとからだの芯から温まる白濁の湯がありがたい。

浸かっていると渓流の轟音が山間にこだまして、より大きなうねりになって押し寄せてくる。目に見えるものは自然の景色だけである。空は晴れているのに粉雪が舞う。贅沢な時間だ。

ここでも一言が出る。
「生きててよかった」
ただ、この露天風呂は一つしかないので混浴である。

列車の旅で贅沢なのが寝台列車の旅である。最近は新幹線網の発達でブルートレインが次々に姿を消していった。また設備やサービスが豪華な寝台列車はあるが、人気も料金も高くなかなか切符が取れない。その中でオススメなのが、上野発青森行きの寝台特急「あけぼの」である。この列車は上越線を通って新潟県を抜け、山形県鶴岡、酒田の庄内地方の日本海を見ながら秋田県に入り、青森へ向かう。上野駅を夜九時過ぎに発車して終点青森駅に着くのが朝の十時、十三時間の旅である。

この寝台列車には、一両だけ一人用個室B寝台が連結されている。しかもそれが個室料金なしのB寝台料金だけで使用できる。これがオススメなのである。寝台列車の個室というのは一度は利用してみたいものである。部屋のドアはロックできるので乗って閉めれば十三時間は自分だけの空間と時間である。

服を脱いでラフな格好ができるのも個室の特権である。こだわりの夜食を用意するもよし、好きなお酒を窓際のテーブルに並べるもよし、である。ホームではカメラを持ったたくさんの鉄道マニアがこの車両を取り囲んでいる。一両だけ連結されたこの特別車両はマニアの人たちにも人気のようだ。そして、哀愁を帯びた発車のベルが上野駅のホームに響き渡る。長く尾を引いたベルの音が消えると列車は静かに動き出す。この瞬間にマニアたちのカメラからフラッシュが光る。勘違いはわかっているが、いい気分である。

個室の大きな窓全部が自分のものである。一日が終わろうとする頃、部屋の電気を消して進行方向に足を投げ出してみる。真っ暗な夜の中を、ときおり人家の生活の光が窓の後ろへ去っていく。人影のない駅のホームが勢いよく後ろへ飛んでいく。止まった時間の中を自分だけが前へ進んでいるような気持ちがする。ここまでのいのちとこれからの生き方に投影してみる。これでいいのだ、と納得できる。

空が白くなり始めた。大きな窓から部屋いっぱいに光が入り始めた。からだを起こしてみる。すると、目の前には夜明けの日本海が広がっていた。静かな海だ。空と海が同化して水平線がわからないほど先まで広がっている。寝台列車の窓がまるで風景画のようだ。

ここでも思わず、一言が出る。

「生きててよかった」。

もう一つのいのち——今、掴みとれ

非日常のたくさんの景色に出会い、たくさんのもの思いにふけって、たくさんの楽しい発見をした。こんな贅沢ができる十三時間の旅である。

新型新幹線「はやぶさ」は東京から青森までを三時間半で結ぶ。帰りはこれにすればいい。これでいつの間にか、日本を半周したことになる。

時間ができれば寝台列車の旅もいいね、と思っていると、いつまでたっても実現しない。時間は自分で作るもの。生活の中でその優先順位を上げればいいだけのことである。

「生きててよかった」と、思わず声が出る非日常の出会いを求めて、たまには〝非日常の楽しみ〟が必要である。数少なくなったブルートレインが消える前に、〝自分発見の旅〟に出かけてみることをオススメする。

応用問題を解くカギは

この章では、〝摑みとるいのち〟について九個の具体例を提示してきた。あるときは納得や同意をしながら、またあるときは批判的に、わがことに置き換えて読み進めていただいたと思う。改めてここに取り上げた具体例を並べてみる。

老後と駅チカ
論理と直感
興奮と冷静
働くことと休むこと
ありがとうと根治苦笑
いい病院と頼れる病院

「数字がない」とゼロ
死にたいと死ねない
もう一つのいのち
長い人生の中では、楽しいことやうれしいことよりもつらいことの方が多い。そのつらい中でも、うずくまって足が一歩も前に出なくなるほどつらいときがある。そんなときにでも進む道を決めなければならない。そして、この掴みとったいのちは後戻りができないのである。

この章で伝えたのは、輝くいのちを掴みとるための直感と歩き出そうとする勇気である。直感はイチかバチかのバクチではない。アスリートたちが無意識のうちに超美技ができるのは、日頃にからだの極限まで鍛え上げたたゆまぬ練習の積み重ねがあるからである。

では、わたしたちの日頃の練習とは何か。どんなことをすればいいのか。それは、自分が楽しくなれることは何か、笑顔になれるのはどんなときか。これをいつも五つずつ持っていること。そして、それが夢だけで終わらないようにいつどうやって実現するかを一緒に考えておこう。できればノートに書いておくのがいい。書き出すことによって、自分が無意識に避けていることやぼんやりとして不透明なところが見えてくるのである。そしていつも各項目の優先順位を見直すこと、である。

これらができていると、自分の価値観がしっかりしてくるので、突発的に降りかかってくる応用問題が直感で簡単に解けるのである。直感は、毎日の研ぎ澄まされた訓練の中から生まれるのである。

第三章

いのちの応援団

こころに色鉛筆を

「いのちに感謝の独演会」では、参加者の皆さんに一言メッセージを書いてもらっている。アンケートというよりも、日頃の思いや今日一日笑って気がついたこと、または明日への希望などを自由に書き綴ってもらっている。今日の出会いをお互いの財産にしたい、との思いで一枚のシートをプログラムに挟んでお渡ししている。今までに延べ三千人以上の方のメッセージをいただいてきた。これがわたしの宝物である。

そのシートには、可愛い坊やが扇子を持って座布団にちょこんと座っている高座姿のイラストが描かれている。声が聞こえてきそうで、ほのぼのとしてホッとする絵である。

メッセージとともに、この坊やの口元に吹き出しを作って一言を入れてくれる人がいる。これがまた楽しい。

「今年のいのちの落語、最高におもしろかったよ」

「隣の席のおばちゃんがアメをくれました。いい会ですね」

「笑いながら涙が出てきましたよ」

「また、来年も会いましょうね」


自分の思いをこの高座姿の坊やに託して伝えてくれている。また、自分も高座に上がった気分になっているのだろう。それぞれの姿が見えてくる。

この坊やのふさふさした髪に矢印を付けて、「実物とは少しち・が・う」と、ご親切に書いてくれた人もいた。妻は、「少し」じゃなくて「ずいぶん」、が正確な表現だから遠慮してくれたんだね、と言いながら今でも大笑いしている。

数年前に、この高座坊やにたくさんの色を使ってぬり絵をしてくれた人がいた。色鉛筆で、着物や羽織、扇子や座布団、顔や髪、羽織のひもにまで丁寧に色を付けてきれいなカラー絵本のように仕上げてくれていた。思わず「わぁ、素敵だね」と、妻と二人で叫んだ。

カラーになって生まれ変わったイラストの出来映えも素晴らしいのであるが、今の自分の気持ちを、色をつけて表してみようという発想が素敵だ、と思えたのである。そして、この人はいつもバッグに色鉛筆を忍ばせているのだろうな、とも思えてその生き方がとても素敵だと感じた。

今の自分の気持ちに色を付けてみる。こんな方法で、自分の思いを伝えてくれたのは、三千枚の中でこれ一枚である。

「いのちに感謝の独演会」では、会の終わりに出演者やスタッフや主宰者がお礼のご挨拶をする。そのときに、妻は主宰者として、また参加者である家族の代表としてステージに上がり、お礼と日頃の思いを一言お話しすることにしている。毎回の恒例となったこの妻の一言を、会場の家族の皆さんが楽しみにしているのがよくわかってきた。人前で話すことに慣れていない妻が、日頃の思いを正直に訥々と話すその内容や姿に、年を追う毎に大きな拍手と共感が湧くようになった。

「家族の皆さん、本人を甘やかすのはやめましょう。家族は、本人の陰で毎日つらい思いをしています。そのことを本人にもっと知ってもらいましょう」

「今まで通りの生活をして、家族が笑顔になりましょう」

こう呼びかけると、万雷の拍手と歓声が沸き起こるのである。参加した家族の皆さんにとっては、「わたしの言いたかったことをよくぞ言ってくれました」という共感の拍手なのだろう。最近は、わたしのいのちの落語への拍手よりも大きいのである。

その妻が、二〇一〇年に開催した「第十回いのちに感謝の独演会」で話したのが、この色鉛筆でぬり絵されたカラーイラストのことであった。
「このぬり絵を見た瞬間に、なんてきれいな色なんだろう、そして、なんて素敵な発想なんだろうと、この方の生き方に感動しました。目の前に見えるものに、自分が感じた自分なりの色をつけて自分を表現する。まさに自分流の生き方です。これからは、わたしもこころに色鉛筆を持ちたいと思いました」

こころに色鉛筆を――。
生きることに疲れたとき、つらいことが続いたとき、ショックなことに出会ったとき、目の前に映るすべての景色がモノトーンになる。無味乾燥な世界である。それを、今までとは違う自分なりの世界に作り替えることができたら素晴らしいことである。そのために、いつも心に色鉛筆を持っていたい。

ここまできて、引っかかっていることが一つある。色鉛筆できれいに書いて、いのちに感謝の独演会との出会いを記念して残してくれたあのぬり絵、いったいいつ書いたのだろう、という疑問が湧いてきた。五分や十分の短い仲入り休憩時では決して書けないほどの丁寧な仕上がりである。では、落語の開演中に集中して書いたのであろうか。よほどそのときの落語がつまらなかったのだろうか。いや、このことは深追いしないほうが良さそうである。

トイプードルがやってきた

駅チカの新居が完成したらそのお祝いに妻がプレゼントをしてくれるという。何をくれるのか楽しみに待っていたがなかなか実行してくれないので、そのことをいつの間にか忘れていた。

新居が完成してしばらく経ったある日、妻が小さなバッグを大事そうに差し出して言った。

「はい、新築記念に心を込めたわたしからのプレゼントよ」

「ありがとう」

そのバッグを開けると、飛び出してきたのは小さな子犬だった。全身がカールした赤毛で大きな黒い目の可愛い子犬である。生まれたばかりのトイプードルだ。初めて見る世界に不思議そうで不安そうな顔をしている。しかし、すぐになれて膝の上に飛びついてきた。手のひらの上に乗っかるほど小さいのに、飛び跳ねる力は強い。愛らしい目で見つめてくるので思わず抱きかかえてやると、顔中を舐めてくれる。子犬なりの精いっぱいのサービスなのだろうとうれしく思っていると、妻が言った。

「自分のものだよ、と自己主張するために匂いをつけているのよ。あなたはこの子の所有物第一号ってとこね」

そういうことか。発想が違うということなのだ。しかし、お互いに美しい誤解のままにしておくほうが無難かもしれない。

あっ、そうだ。この生まれたばかりの子犬は、妻からわたしへのプレゼントだったのだ。なぜプレゼントなのだろう。妻に聞いてみた。

「あっ、気がついたの。あのね、あなたが外に出やすいように駅チカに引っ越したのはいいけど、今までより歩く距離や時間が短くなったらからだのリハビリにならないでしょ。だから、これからは早く寝て早く起きて、毎日朝晩二回この子に散歩させてもらって、しっかりとからだのリハビリをしてください」

そういうことか。プレゼントよ、と笑顔で言われたときから何かあるな、と嫌な予感がしていたのだ。そして、妻の仕掛けは、子犬を散歩させてあげて、ではなくて、〝子犬に散歩させてもらいなさい〟、という逆転の発想のようだ。

そのためには、当たり前ではあるが朝起きなければならない。今までのように、朝方まで原稿を書いていたので昼まで寝かせて、という訳にはいかなくなる。大げさに言えば、犬の生き方に合わせた規則正しい生活が要求されるのである。

「名前も決めておいたよ。『のぞみ』君。あなたの口ぐせの〝希望と勇気〟の象徴、それからあなたの好きな世界最高技術と安全を備えたN700系新幹線のぞみ号。この二つからもらって『のぞみ』君。どうですか。質問ありますか」

質問ないよ。何から何まで手回しのいいことで、あきれかえって開いた口がふさがらない。それに、さっき抱いた瞬間に既に情が移ってしまっている。

ペットショップでも、ガラス越しにお気に入りのペットの前から離れないお客さんを、店員はしっかり見ていてそのペットを抱いて出てくる。そして、お客さんに偶然を装いながら「この子、抱いてみませんか」と差し出す。抱いたらおしまいである。ペットも哀願するような目をするようしつけられている。そして、連れて帰ることになる。これは別に悪いことではないが、この瞬間から「可愛いね」だけではすまなくなるのである。すべての生活の主軸が、このペットを中心に組まれていくことになる。

我が家もこの日からトイプードルののぞみ君中心の生活に一変した。食事や運動の時間、トイレのしつけや飲み水の入れ替えなど、決まった時間でないとならないのでたいへんな労力が必要になる。

しかし、それでも笑顔や大きな笑い声が家の中に響きわたり急に賑やかになった。そして、予防接種も終わって、ついにのぞみ君とわたしの散歩デビューの日がやってきた。

のぞみ君は初めて見る外の世界に戸惑いながらもすべてのものに興味津々である。人や自転車や車など動くものを見つけると、全力で走り出していく。この小さなからだのどこにこんなエネルギーがあるのか、と思うほどの力である。

そして、すれ違う人が例外なく声をかけてくれる。

「あら、かわいい」「何か月ですか」「お名前は」「あんた、寄ってきてくれるの。ありがとう」

散歩の途中でたくさんの人に声をかけられる。今までは見ず知らずの人と道で挨拶を交わすことはなかった。それも皆さんが満面の笑顔で話しかけてくれるのである。これには驚いた。そばに子犬がいるだけでこんなにも世界が変わるのか。そして、散歩から帰ってくるまでに何人の人に「かわいいね」と、言ってもらうことだろう。

散歩のたびに出会う人は、かける言葉も変わってくる。

「のぞみ君、おはよう。今日は天気がよくて気持ちいいね」

「今日も元気だね。行っておいで」

「のぞみが来た来た。おや、もうそんな時間かい」・・・

のぞみが歩く先ではみんなの顔が思わずほころんで笑顔になる。小さな生き物が持っている癒しの力なのであろう。しかし、笑顔になれるのは小さくてかわいいからだけではない。生き物は無心で正直で何事にも一生懸命なのである。そのけれん味のない姿をみると、いいな、あんなふうに生きられたらいいな、うらやましいな、と思えるのであろう。

食事も散歩も毎日決まった時間なので、のぞみの姿が時計代わりにもなっている。

落語の中に、「先々の　時計になれや　小商人《こあきんど》」という句がある。天秤棒を担いだ行商の物売りは、どんなことがあっても同じ時間に同じ場所を通ることで、得意先と信用を作っていくのだ、という教えである。

のぞみ君もこれからたくさんの〝お得意先〟に笑顔を届けて信用をいただくことであろう。


しつけには根気がいる。家の中で同居するのでたくさんの約束事を教えなければならない。食事やトイレのしつけ、行ってもいい場所やしてはいけないことなど盛りだくさんにある。しかし、トイプードルは頭がいいのか、たいがいのことは理解できるようである。しかも二回ほど教えればわかる。特に毎回食事をくれる妻には従順である。

トイレがちゃんとできると、「あんた、いい子だねえ」と、からだをなでてもらってドライフード一粒をご褒美にもらってご満悦である。

ある日、妻がわたしに言った。

「トイレを使ったら、便器の底板はちゃんと下げて定位置に戻しておいてください ね。何度言ったらわかるの。のぞみだって二回言ったら覚えるのよ」

はいはい。わたしはのぞみ君以下ということか。しばらくはこの「のぞみだって二回で覚える」を、いろんな場面での決め台詞に使われそうだ。

先日、妻がわたしの実家の父母の世話に四日ほど家を空けることになった。家事全般の申し送り事項を聞いたが、ほとんどがのぞみ君の世話に関することで、しかもていねいで詳細に書いてある。

「わたしの食事はどうすればいいの」

「スーパーで買ってくるか、どこかで好きなものを食べてね。大丈夫、四、五日食べなくたって死にゃしないわよ」

清々しくなるくらいの見事な割り切りようである。そして、妻の不在中その指導基準に沿ってのぞみ君に毎度の食事を提供した。ドライフードだけなので時間さえ間違わなければそう難しくはない。

そして、四日が経って用事も無事済んで妻が帰ってきた。家に入った第一声がこれである。

「のぞみ、どうしてる」

だいたい想像はついていたが、関心はのぞみ君だけのようである。

「のぞみくーん。元気だね。まあ、あんた太ったね。丸々してる。わあ、ずっしり重いよ。ねえ、あなた。のぞみに間食で何かあげたでしょ。そぉお。じゃあ、一回のドライフードをどれくらいあげてたの。ええっ、それ多すぎる。太って当たり前じゃないの」

一回の量は軽く二摑み、という指導基準を忠実に守ったつもりだが、妻とわたしの手の大きさが違っていて、どうも二倍近い量のドライフードをのぞみ君にあげていたようである。

「毛もずいぶん伸びたね。美容室に行ったばかりなのに、この四日間で頭も背中もすべてがフサフサになったわね」

妻が向き直って、わたしの頭を見つめながら言った。

「あなたもこのドライフード、食べてみる」

シチズン・オブ・ザ・イヤー

二〇一一年一月にシチズン社から突然電話をいただいた。あの時計で有名な会社である。

「このたび、シチズン・オブ・ザ・イヤー2010授賞が決定いたしました。樋口さんを表彰させていただきたいのです」

突然のことで意味がよくわからなかったが、詳しく説明を聞くと趣旨は次のようなことであった。

シチズン・オブ・ザ・イヤーとは、市民社会に感動を与え、社会の発展や幸せ・魅力作りに貢献した市民を顕彰したい、との趣旨でシチズン社（CITIZEN＝市民）が一九九〇年に創設し、有識者による審査委員会にて毎年の該当者を選出して表彰を行ってきた制度である。

二〇一〇年一年間に全国紙を中心に新聞紙上で報道された市民による社会貢献活動の中から、樋口強の活動を二〇一〇年のシチズン・オブ・ザ・イヤーとして決定し表彰することとした。

受賞対象は、十年続いた「いのちに感謝の独演会」の開催。

受賞理由は、次の通り。

悪性のがんを乗り越えた体験をもとに、「笑いは最高の抗がん剤」と、がん患者と家族だけを招く落語の独演会を開き、自作の落語で励まし希望と勇気を与え続けている。企画、会場の手配など、すべて妻・加代子さんとの合作。しかも毎年新作の創作「いのちの落語」をネタ下ろしする。「生きていてよかった」などの反響が多いのは、患者の思いを知り得た人のみにできることであろう。

というのが授賞の概要である。

審査委員会は、元ＮＨＫエグゼクティブアナウンサーの山根基世さんが委員長であり、大手新聞各社の社会部長や各界有識者で構成されている。山根さんの存在感とメッセージ力のある語りは、すばらしい芸術作品であり、日頃からお手本とさせていただいている。

受賞はこのうえなくうれしいことであり、ありがたいことである。そして、長年実施されてきたステータスのあるこのシチズン賞を我が足跡にいただいて、身に余る光栄である。

振り返れば十年続いたこの「いのちに感謝の独演会」も、最初から十年の目標を掲げて開催してきたわけではない。全国から駆けつけてくれたがんの仲間と家族が帰り際に言う。

「来年もきっと来ます」

目にいっぱいの涙と笑顔で声を掛けてくれる。重い一言である。この言葉に対して正面から応えられるのはこの一言だけである。

「来年もきっと、ここでお会いしましょう」

これを繰り返して気がつけば十年が経っていた、というのが実情である。そして、人々に希望と勇気を伝えてきた、とほめていただいたが、実際にはこのイベントを通じて自分が元気をもらってきた、というのが本当のところである。

出すだけではなかなか続かない。人に渡すより多くのものが戻ってくる、その喜びがあるから長続きするのである。この独演会には偶然にもそんな幸運が仕掛けられていたのである。

そして、表彰式では、妻にも一緒に壇上に上がって賞を受けてほしい、という要請であった。妻と二人で企画して続けてきた手作りの会であり、毎回ご招待する家族の代表でもある。そのことを認められたのが一番うれしかったのである。同じことをただひたすら愚直なまでに続ける。この続けるということに大きな価値があることを、シチズン賞によって改めて気づかされたのである。

ほめられるとうれしくなるものである。そして双方が笑顔になる。それが仮にお世辞とわかっていても悪い気はしない。

「ちりとてちん」という落語がある。

前にＮＨＫの朝のドラマタイトルにもなったのでご存じの方も多いだろう。

この噺《はなし》の中で、旦那の誕生祝いに招かれた職人が、出される食べ物を次から次に、「おいしい」「めずらしい」「初めて」と言ってほめるので、旦那は言葉の魔法にかけられたようになって、次第に気持ちが良くなっていく、というクダリがある。


「ちょっとええお酒が手に入りました・・・」

「へえ、これ、昔は大名酒と言うて、お殿様しか飲めなんだええお酒でして。これ、わたしがいただけるんですか、いやぁ、生きててよかったですわ・・・」

「鯛の刺身食べるか」

「初めてです。これですか、きれいな色してます、コリコリして、おいしいもんですね・・・」

「鯉の洗いがあるけど・・・」

「初めていただきます。へぇぇ、これが。コイのアライ・・・」


「茶碗蒸しも食べて・・・」

「めずらしい、初めてです」

「あんた、何でも初めてやな、ほんまかいな」

「旦さん、これ何ですか」

「アナゴや」

「ああ、田んぼ飛んでるやつ」

「それはイナゴ」

「黄色で丸いものが出てきましたけど・・・」

「ああ、それはギンナンや」

「ああ、これがギンナンですか。わたし、ギンナンて、ドンナンかと思てたらコンナンですか・・・」

「あんた、一人でよう遊ぶな。そうや、炊きたての温かいご飯があるけど・・・」

「ご飯、初めてです」

「ご飯初めての人があるかいな。けど、あんたみたいに、初めてや、めずらしい、おいしい、と言うて食べてくれると出すほうも気持ちようなってうれしくなる。土産もんを貰うたらあんたにお裾分けしようか、何かの会があったらあんたを呼ぼうか、という気になる。ほめるというのは、相手をうれしく元気にしてくれるだけやなしに、自分に戻ってくるもんやなあ・・・」


気持ちが良くなると持ってる力が全開になって、自分でも信じられないような好結果を生むこともある。これは誰もが経験していることである。

ほめて育てる。子供の教育だけではなく、大人の社会でも同じことが言える。上司が部下を育成する基本は、ほめることである。ただ、漠然と総体的に「よくやったね」、だけでは伝わらないし、部下は何をほめてくれているのだろうか、ホントに内容をわかってくれているのだろうか、と逆効果になることもある。だから、その内容や日頃の行動を把握していないと伝わらない。高度な技術も必要なのである。

評価していただくのはうれしい。ほめていただくのもうれしい。そして、名誉あるこんな大きな賞をいただき、新聞各社が報道されると、たくさんの人に認知される。

また、表彰、顕彰には、実績に対して評価するという面と、これからも末永く続けてもらいたい、という隠し言葉が込められている。簡単にはやめられなくなったなあ、というのも実感である。

風呂に入りたい

大きな病気に出会ったとき、大きな障害を抱え込んだとき、大きな困難に出くわしたとき、その瞬間からわたしたちは今まで当たり前だと思っていたことから見放される。

がんと言われたら、それでも生きたいと思う。

長期入院となれば、早く家に帰りたいと考える。

足を骨折して歩けなくなったら、余計歩きたくなる。

単身赴任が続けば、早く家族に会いたいと願う。


これらは誰もが思う普通の感情である。しかしこのときに大事なことは、生きて何がしたいのか、家に帰ってしたいことは何か、歩いてどこへ行きたいのか、家族と何がしたいのか、という自分だけの具体的な内容になっているか、ということである。そして、それは楽しくなれる内容であるのがいい。そのかけがえのない夢の実現のためにたくさんのプロの人たちが手を差しのべてくれるのである。

その中の一人、野尻明子さん。四十八歳。熊本保健科学大学で作業療法士を育てる先生である。そして、自らも作業療法士として現場に立つ。わたしの活動にエールを送ってくれる全国の仲間の一人である。そして、野尻さんの仕事への情熱にはわたしと多くの共通点がある。

野尻さんは、大学で教鞭を執りながら、現役の作業療法士でいることにこだわりと誇りを持っている。それは、相手の笑顔が見たいからだという。そういえば、野尻さん自身も笑うと本当にうれしそうな笑顔になる。

作業療法士は、通称ＯＴ（オーティー＝オキュペーショナル・セラピスト）

と呼ばれている。OTの仕事は、その人がごく当たり前の生活を笑顔でその人らしく過ごせるように支援すること、である。
野尻さんにもっとわかりやすく説明してもらうと次のようになる。

たとえば食事でいうと、看護師さんはどれだけ食べたかその量を気にします。栄養士さんはどれくらい栄養が摂れているかを計算します。作業療法士はおいしく食べているか楽しく食べているかを気にします。そして、できるだけ自分で食べられるように支援します。楽に食べられるように机やイスを調整します。食べやすいように食器や食具を工夫したり、食欲をそそる香りや雰囲気などにも気を遣います。そして食べ終わった後に、おいしかったよ、という笑顔がわたしたちの財産です。

楽しくなれることをたくさん用意して笑顔になって、からだの中の元気の素を自分の力で引き出してあげましょうよ、という日頃のわたしのメッセージとクロスしてとても親近感がある。

リハビリテーションにもはっきりとした目的意識を持ってもらうそうである。たとえば歩けないから歩けるように指導する、座れないから座れるように支援する、ではなくて、なぜこの痛くてつらいリハビリをするのか、その人だけが持っている固有の目的をはっきりさせてあげることから始めるのだそうだ。

孫を幼稚園に迎えに行くのが毎日の楽しみだった人には、まずそのお孫さんの話をゆっくりと時間をかけて聞くことから始める。そして、その人がお孫さんの顔を思い浮かべながら笑顔になったら、さあ頑張りましょう、と一緒に立ち上がる。もうここまで来たらリハビリは半分以上進んだといえるそうだ。

仕事に戻りたい、電車に乗って孫に会いに行きたい、独力でトイレに行きたい、自分の手でご飯が食べたい、墓参りがしたい・・・。

一つ一つは、人間誰もが持っている当たり前の能力である。それが奪われて初めてそのありがたさに気づくものである。

わたしが生きるはずがないというがんに出会って、抗がん剤の強力な副作用に七転八倒し生きる力を失いかけていたときに、背中を後押ししてくれたのが病室から見える電車だった。

〝あの電車に乗りたい。乗って仕事に行きたい〟

切ないまでにそう思った。その思いが、全身がしびれて動かなかったからだのリハビリへと駆り立てて、九か月後には職場復帰を迎えたのである。

リハビリのためのリハビリではなく、その人だけが持っている生き甲斐のために目的意識をはっきりさせたリハビリが、その人の笑顔を引き出し今まで以上に元気にする。そして、人のいたみやつらさがわかる人間になる。

ただ、その道のりは決して易しくはない。野尻さんからプロとしての技術論を聞いてみる。

たとえば、リハビリテーションでは十メートルを十秒で歩けることを実用歩行と言います。この速さで歩けるようになれば、横断歩道を渡れる歩行スピードを獲得したことになるのです。しかし、訓練室で十メートルを十秒で歩けても、実際に横断歩道を渡れる人は少ないのです。

それはなぜでしょうか。横断歩道では、車は両側で止まって待っています。前方から歩いてくる人を気にしながら歩きます。後ろから早足で肩に触れながら追い抜いていく人もいます。そのうえ、道路は訓練室の床のように平らではありません。

ですから、その人がお孫さんに会いに行くために渡る実際の横断歩道で練習をする必要があるのです。

そこまでするのか。わたしはこの話を聞いて感動した。これがまさに生きることに寄り添うということである。その人が一番したいことを実現できるように支援する。それがプロの仕事だということである。

障害を取り除いても元気になれないことがある。病気を治してもスッキリとした顔にならないこともある。病気や障害だけを見て人を見ないとこういう現象が起こるのである。野尻さんの判断基準はたった一つである。

どうしたらこの人が笑顔になれるか――。

この〝笑顔〟というキーワードでその難問を解き始めると、案外簡単に答えが見つかるものらしい。また応用問題も比較的易しくなるそうである。

野尻さんが最後に話してくれた。

――

最近行った特別養護老人ホームでのことです。ターミナルケアを迎えた人でした。

「今一番したいことは何ですか」

「風呂に入りたい」

すぐに返事が返ってきました。目が輝いていました。この人は今何がしたいかの優先順位を取捨選択して既に決めているのだと、感じました。

何とかお風呂に入れてあげたい。しかし、ほかの医療スタッフは反対しました。入浴は大きなエネルギーを消費する。この人は既に体力は極限まで衰えており、今入浴すればいのちを大きく縮める結果になる、というのがその理由でした。このようにスタッフの間で意見が分かれた場合は、家族も含めて全員で徹底的に話し合います。

たとえ本人の希望とはいえ入浴によって体力を大きく消耗し、残り少ない穏やかな家族団らんの時間を奪ってしまうかもしれないのです。また逆に、本人が一番したいという希望をここで摘み取ってしまったら、いのちの集大成ができないかもしれないのです。そして、家族は「あのときお風呂に入れてあげればよかった」と、その悔いをいつまでも引きずることにもなります。治療やケアの問題ではなく、いのちとは何かという本質の問題なのです。

家族とスタッフ全員で様々な意見を出し合いました。そして、お風呂に入ろう、と全員で結論を出しました。決まれば早いです。スタッフみんながそれぞれの持ち場でプロの力を出し合います。わたしはOTとしてこの状態でどのように入れれば、どのように介助すれば、苦痛なく安心して入れるかという知識と技術を提供し、本人と介護スタッフを支援します。協働することでさらによいケアが行え、そして喜びもさらに大きくなると思っています。

「気持ちよかったよ、ありがとう」

わたしはあの笑顔を決して忘れません。

生きる喜びを分かち合う。これがわたしたちOTの財産なのです。そして、わたしはこれからもこの笑顔のためにOTの仕事を続けていきます。

野尻さんの合い言葉は笑顔だ。いのちといのちのぶつかり合いを見たような気がする。そして、とても清々しい気持ちになった。

　生きることへの情熱や感覚が研ぎ澄まされている野尻さんは、ＩＴ機器の世の中の動きにも敏感だ。スマートフォンが発売されるとすぐに予約申込をして携帯電話から切り替えた。さすができる人は違う。早速に指一本でタッチパネルをたくみに操っている、かのように思えたが意に反して手こずっているらしい。タッチしても画面がなかなか移動しないので苦闘しているようだ。

　そばにいた同僚がいたずらっぽい目で言った。

「スマホはね、潤った指でないと反応しないのよ」

「何よ、それ」

　と、言い返す野尻さんの顔はとても素敵な笑顔だった。

健忘症合戦

最近、物忘れが多くなってきた。

昔、母が冷蔵庫の扉を開けて、しばらく考え込んでいた。

「ええっと、何を取りに来たんだっけ」

と、思案していたことがある。それは一発ギャグでやってるの、と冷やかすと、年を取るとみんなこうなるの、と言い張る。

「いや、そんなヤツおらんでぇ」

と、笑って終わったが、今自分が同じような状況になっている。

二階へ行こうと階段を上がったまではよかったが、なぜ二階に来たのかがわからない。

考えれば考えるほど記憶が遠のいて簡単には出てきそうにない。頭も痛くなる。本当に緊急で必要な用事ならすぐに思い出すはず、と階下に降りる。台所へ行こうとして動き始めたが、いや、玄関のほうが先だと考えて途中から方向を変える。妻が言う。

「さっきからクマみたいに何をウロウロしてるの」

見た目にはウロウロかもしれないが、頭の中は結構ビジーに動いているのだ。ただ、その動き方が合理性や経済性に欠けてきただけのことである。

〝行きがけの駄賃〟という言葉がある。どこかへ行くついでにほかの用事も済ませてしまう。以前は、一度動けばそのときに二つ三つのことを同時に処理するのを当たり前のようにできた。

頭の中では大小四つ五つのプロジェクトが同時並行で動いていて、頭脳はその一つ一つに的確に指示を出したものである。最近は、頭の中での切り替えがなかなかできなくなってきた。

一年が短いと感じるようになった。これは、やることがたくさんあって毎日が充実しているからだ、と思って喜んでいるとどうも違うらしい。過去の記憶が飛んでそれが空白となって、その結果短く感じるのだそうだ。

涙もろくもなる。人の苦労話を聞いたり本を読んだりテレビドラマを見て、すぐに涙が出る。人のつらさや苦しみを理解できるほどに人生が豊かになってきたのだろうか、と思っていたら、これもそうではない。年齢とともに涙腺がゆるんできただけらしい。

言い間違い、聞き間違い、言葉が出てこないことなども多くなってきた。「ちょっとアレ取って」「そんなときはアレしておいたらいい」誰もが経験のある会話である。しかし、この〝アレ〟の頻度が高くなってくるのが問題なのである。家の中が〝アレ〟〝ソレ〟だけの会話になってしまう。

そして、家の中での長年連れ添った夫婦の会話だと、このアレ、ソレで相手もその意味がわかってしまうので、代名詞会話がいっそう加速する。

妻は最近、わかっていても意地悪く突き放す。

「アレって、なによ」

「だから、・・・・わかってるんなら早くして」


その妻だって似たようなものである。ある日、突然大きな声で叫んでいる。

「洗濯機の中で、らっきょうがひっくり返った」

それはたいへんだ。ええっ、何で洗濯機の中にらっきょうを入れたの。どうも、洗濯機と冷蔵庫の言い間違いなのだが、本人は言い間違っていない、と今でもそれを認めない。頑固というか、認めたくない、という気持ちもわからなくもない。


聞き間違いは、自慢するわけではないがたくさんある。

「この枝、〝折れやすい〟ね」
「ふうん、〝浦安へ〟行ってきたの」
「あっ、〝落ちた〟」
「誰が〝ウンチした〟の」
「明日は、〝十日《とうか》〟だよね」
「いや、〝八日《ようか》〟は昨日だよ」
「〝渋谷〟へ行ってくる」
「〝日比谷〟か、いいね」
「〝寝よう〟か」
「うん、〝見よう〟〝見よう〟」

「あなた、〝重症〟だね」
「そうか、〝優勝〟か」

こんなトンチンカンな会話が増えた。耳の性能が落ちてきたことも確かだろうが、自分の世界で理解しようとする強引さもある。

これを病気の前兆だと心配して、病院に行って検査をしたり不必要に病気だ、病気だと騒ぎ立てないほうがいい。何ともないのにそのことでほんとに病気になってしまうことだってある。

それよりも、ほめてあげて笑って収めるほうが生活が楽しくなる。

「ウマイね」
「腕上げたね、昨日より良くできてるよ」

しかし、うまく間違うなあ、と感心する。耳に入ってくる言葉を母音で理解しようとするから違った言葉に変わるのである。

落語のサゲの分類でいえば、この母音だけで合わせに行く手法は、地口オチの中でも多少は高度な技なのである。

言葉という文化よりも音の信号で区別しようとする。赤ちゃんや動物の生き方や感覚に近づいていくのだろう。

自然の摂理に身を預けるのもよし、である。

輝いて生きるわたしの秘訣

生きて何がしたいのか――。

ここまで、この難しい課題と格闘してきた。

そばにいつも笑顔があればいい。

このこともわかってきた。しかし、おもしろくもないのに笑ってばかりはいられない。わたしが演るいのちの落語にこんなマクラがある。

「・・・一日中笑ってたら、きっと病気にはならないと思います。けど、病気だと思われますよ・・・」

病気だと思われてもいいから、一日中笑っていたい、と思う。

挨拶をするだけで素敵な笑顔になる人がいる。その吸い込まれるような笑顔でこちらまでうれしくなって、気がつくと自分も笑顔になっていることがある。そして、その後一日がなんとなく気持ちがいいのである。

あの人はいつも笑顔だなあ、あんなふうに生きたいなあ、と会うたびに思う。ところが、いつの間にかしかめっ面になって家族にも嫌がられることが多い。

では、どうしたら笑顔になれるのだろうか。とってつけたようなわざとらしい作り笑顔ではなくて、からだの中から湧き出てくるような自然な笑顔って、どうすればいいのだろうか。

気持ちはわかる。しかし、そういう技術論を論じているうちはノウハウ研究であり、作り笑顔の域を出ていないことになる。


いのちの落語講演で全国にお伺いして、そこで出会った人たちが見せてくれる輝く笑顔がある。わたしが一年に一度開く「いのちに感謝の独演会」に集う人たちが語ってくれる輝いて生きる秘訣、笑顔になれる秘訣がある。

ここでは、全国のたくさんの人の「輝いて生きるわたしだけの秘訣」を紹介する。それぞれの人たちに共通するのは、つらい思いを乗り越えた先につかんだいのちの喜びである。

一言一言にいのちへのこだわりと叫びがある。そして、すべてがその気になれば誰でもいつからでもできる身近なことばかりである。

□楽しくなれることをたくさんやります
□一日一回笑顔を見せ合います
□わがままになることです
□人に頼られることをしています
□がんでも仕事ができることです
□毎日忙しくしていることが心の支えになっています
□今日のうちに明日の予定を立てる。いやなことはやらない。

楽しいことだけを選んでやります。わがままにならなくちゃ

□「いのちに感謝の独演会」がわたしのいのちの更新日です

□毎日歩いて食事は自分で作って食べます（85歳）

□消化器がないので食べ物には執念があり自分で作ります

□「最近、あなた笑えてますか」と朝の目覚めに三回唱えると自然に笑顔になります

□おしゃれをします

□後ろを振り向かないことです

□「もう少し、もう少し」が大事。でも疲れたら休むことがもっと大事

□鈍感でいることです

□毎日外へ出て歩きます。人と話します。立ち寄るお店で大きな声で挨拶をします。家の中に閉じこもっていたらいいことは考えない

□「つかむ勇気　手放す勇気」を実践しています

□お気に入り色のウィッグで幼稚園の孫の送迎で、「素敵なおばあちゃんね」と言われたとき
□長い間単身赴任をしてきました。今は妻と二人の時間がなんとも心地いい
□おいしいものを食べてるとき
□家のあちこちに鏡を置いています
□思い切って家を建て替えました。そしてピアノを習い始めました。いい気分です
□やりたいことがあったらやってみる。決断は早く。他人のせいにはしない。病気になる前より今のほうが楽しいですよ
□まったく忘れていたヘソクリが突然出てきたとき。三日間笑いが止まらなかった
□家族の朝の「おはよー」の声。元気になれます
□一日に一つのうれしいこと、楽しいこと。それで満足します

□いのちに関係のないことでは、悩んだり揉めたりしないこと
□季節の花が初めて顔を出したとき。思わず微笑みますね
□散歩している犬やネコを見ていると、みんな楽しそうで自分も思わず笑顔になります。いっぱい笑ったらお腹が空きました
□できるときにできるだけ精いっぱい
□がんになっても働けること、誰かの役に立ってることがうれしいです
□こころに色鉛筆を持っていると、笑顔になります

第四章

CDで聞く「第十回いのちに感謝の独演会」

来年もきっとここに来る――

と、強くイメージして会場の東京・深川を後にした。そして、一年が経った。今わたしは、去年と同じ道を歩いて東京・深川に戻ってきた。そして、去年と同じイスに座っている。まだ独演会は始まっていないのに涙が溢れてきた。一年が経ったのだ。

これは、「いのちに感謝の独演会」に北海道からやってくる人の参加への思いである。この独演会を、毎年のいのちの更新日として位置づけている。この会場にはそんな同じ思いの人たちがたくさんいる。

最後の章では、読者の皆さんをこのいのちに感謝の独演会にご案内する。二〇一〇年に東京・深川江戸資料館で開催した「第十回いのちに感謝の独演会」の一部をCDにライブ録音した。巻末に付けたCDは付録ではなく、耳から聞く第四章として本編の一部を構成している。いや、本著の結論と言ってもいい。

本章で伝えたいのは、この会場に集う一人一人の笑い声や拍手の力強さである。つらいことを乗り越えて、「生きて何がしたいのか」を自分なりに見つけた人、見つけようとしている人の力強い笑い声を、このＣＤから感じ取ってほしいのである。

ＣＤの冒頭では、「いのちに感謝の独演会」の当日、日曜日の朝の様子を音で表現している。

会場となる東京・深川江戸資料館は、今でも江戸情緒の残る静かな佇まいの中にある。鳥のさえずる穏やかな日曜日の朝、その静かさを破るように小さなバイクが走り抜ける。

そして、一年に一度のこの日を待ちわびたかのように、石畳の歩道を会場に向かう足音が響く。深川江戸資料館が近づいてくると、太鼓の音がかすかに聞こえてくる。

今日の「第十回いのちに感謝の独演会」を知らせる一番太鼓だ。待っていてくれたように、その音がだんだんと大きくなる。一年が経ったのだ。そんなウキウキとした思いを音で表現した。

また、客席にたくさんの集音マイクを配置し、客席の笑い声や息づかいなどを中心に録音した。極端に言えば、笑い声で高座のわたしの声がかき消されても構わない、というほどの録り方である。このＣＤでしか味わえない醍醐味でもある。

出囃子《でばやし》も生の演奏である。それぞれのこだわりが一体となった迫力を感じ取ってほしい。

それでは、がんの人とその家族、という参加資格がなければ入場できない「いのちに感謝の独演会」に、本書の読者を特別にご招待しよう。

今回の出し物は、十周年記念作品「いのちの落語――いのちの車」である。

あとがき

ふと思い出したように実家に電話を入れる。年老いた父母が二人で住んでいる。母が電話に出た。

「あんた、体の具合はどうや。元気にしてるか、無理してないか」

まだわたしが一言もしゃべってないのに、息子からだと何故わかるのだろう。もちろん、実家の電話にはナンバーディスプレイなど相手がわかる便利機能はついていない。何となく、らしい。

母は八十三歳である。息子が母を気にして電話をかけているのに、これでは逆である。しかし、いつもこうなのだ。つらい病気を乗り越えてはきたが、今も大きな後遺症を持って生きている息子のことが心配でならない、という。

母とはそういうものなのだろうか。ありがたい、としみじみ思う。

父は口数が少ない。わたしは高校を卒業してからずっと実家を離れたままであり、腰を落ち着けてじっくり父と話をした記憶がない。報告はしても相談をすることはなかったように思う。それを寂しくも思っていた。

しかし、そんな不肖の息子ががんであるとわかったとき、誰よりも一番に駆けつけてくれたのが父であった。その後、わたしの生き様や活動を紹介した新聞や雑誌は、全部切り抜いて貼っては何度も読み返している、と最近母から聞いた。

そんな父は今八十五歳であるが、相変わらず言葉数は少ない。たまに顔を見に帰ると、もうおまえの顔は忘れたよ、というような表情で一言だけ言う。

「無理するなよ」

生きることを否定されたようながんに出会って、それでも生きたい、と思った理由の一つが、〝親より先には逝けない〟という強い思いであった。このことが今でもわたしのいのちを支えている。
「生きてるだけで親孝行」
息子の身勝手な理屈であろうか。

本書の上梓にあたっては、春陽堂書店編集部永安浩美氏の並々ならぬ情熱とご指導をいただいた。全編書き下ろしの単行本の完成には、企画構想段階から原稿の醸成期間を経て入稿まで一年はかかる。エンジンがかかるのが遅い著者が何度も中断しかけるのを、根気よくサポートしてくれた永安氏に感謝申し上げる。

いのちの落語のＣＤ制作には、柳家喜多八師匠、お囃子の福岡民江さん、社会人落語の仲間の皆さんや、東京録音さん、原子内利彦さんたちの技術やアイデアによって、より完成度の高い作品に仕上がった。御礼を申し上げる。

最後に、普通のことが普通にできる喜びをいつも気付かせてくれる最愛の妻加代子に感謝の意を表することをお許しいただきたい。
そして、本著を父と母に捧げる。

二〇一一年　八月

木々の香りがここち良い新邸の書斎にて

樋口　強

摑《つか》みとるいのち

二〇一一年十月五日　初版第一刷発行

著　者　樋口　強
発行者　和田佐知子
発行所　株式会社　春陽堂書店
東京都中央区日本橋三―四―十六
電話　〇三（三八一五）一六六六
装　幀　後藤　勉
印刷製本　日本ハイコム株式会社

ISBN978-4-394-90287-4

CD

「第１０回　いのちに感謝の独演会」は
２０１０年９月１２日
東京・深川の深川江戸資料館小劇場で、開催されました。
ＣＤに収録されているのは、「いのちの落語－いのちの車」および
「決意の三本締め」をライブ録音したものです。

お囃子　福岡民江社中
三味線　福岡民江　**笛**　橘ノ百圓　**太鼓**　柳花楼扇生

ＣＤ制作　㈱東京録音
ミキサー　原子内利彦